A PANDEMIA DO ANJO AZUL

Editora Appris Ltda.
1.ª Edição - Copyright© 2023 do autor
Direitos de Edição Reservados à Editora Appris Ltda.

Nenhuma parte desta obra poderá ser utilizada indevidamente, sem estar de acordo com a Lei nº 9.610/98. Se incorreções forem encontradas, serão de exclusiva responsabilidade de seus organizadores. Foi realizado o Depósito Legal na Fundação Biblioteca Nacional, de acordo com as Leis nos 10.994, de 14/12/2004, e 12.192, de 14/01/2010.

Catalogação na Fonte
Elaborado por: Josefina A. S. Guedes
Bibliotecária CRB 9/870

M111
2023
	M. S., Corélio
	    A pandemia do anjo azul / Corélio M. S. – 1. ed. –
	Curitiba : Appris, 2023.
	    148 p. ; 21 cm.
	
	    ISBN 978-65-250-4240-4
	
	    1. Ficção brasileira. 2. Transtorno do espectro autista. 3. Autismo.
	I. Título.
	
	    CDD – B869.3

Editora e Livraria Appris Ltda.
Av. Manoel Ribas, 2265 – Mercês
Curitiba/PR – CEP: 80810-002
Tel. (41) 3156 - 4731
www.editoraappris.com.br

Printed in Brazil
Impresso no Brasil

Corélio M. S.

A PANDEMIA DO ANJO AZUL

Appris
editora

FICHA TÉCNICA

EDITORIAL	Augusto Vidal de Andrade Coelho
	Sara C. de Andrade Coelho
COMITÊ EDITORIAL	Marli Caetano
	Andréa Barbosa Gouveia (UFPR)
	Jacques de Lima Ferreira (UP)
	Marilda Aparecida Behrens (PUCPR)
	Ana El Achkar (UNIVERSO/RJ)
	Conrado Moreira Mendes (PUC-MG)
	Eliete Correia dos Santos (UEPB)
	Fabiano Santos (UERJ/IESP)
	Francinete Fernandes de Sousa (UEPB)
	Francisco Carlos Duarte (PUCPR)
	Francisco de Assis (Fiam-Faam, SP, Brasil)
	Juliana Reichert Assunção Tonelli (UEL)
	Maria Aparecida Barbosa (USP)
	Maria Helena Zamora (PUC-Rio)
	Maria Margarida de Andrade (Umack)
	Roque Ismael da Costa Güllich (UFFS)
	Toni Reis (UFPR)
	Valdomiro de Oliveira (UFPR)
	Valério Brusamolin (IFPR)
SUPERVISOR DA PRODUÇÃO	Renata Cristina Lopes Miccelli
PRODUÇÃO EDITORIAL	Nicolas da Silva Alves
REVISÃO	Simone Ceré
	Nathalia Almeida
DIAGRAMAÇÃO	Renata C. L. Miccelli
CAPA	Bruno Nascimento

Este livro é dedicado a:

- Autistas que receberam seu laudo na idade adulta.

- João e todos os autistas adolescentes que serão autistas adultos.

- Paulo, Francisco e todas as crianças autistas que serão autistas adultos.

- Lígia, contato de emergência no CIPTEA de três autistas (o meu inclusive).

AGRADECIMENTOS

Agradeço a todas as criaturas (humanas, felinas e canídeas) que contribuíram de alguma forma para a realização deste livro.

Registro meu "muito obrigado" especial aos amigos que leram alguns trechos desta obra e aos que contribuem com minha criação artística:

- Giovanni Damásio
- Lisandro Gaertner
- Maria Costa
- Milene Abreu
- Wesley "Seu" Moura

GLOSSÁRIO

(Elaborado por José Santos para orientação da leitura do seu diário).

- Anjo azul: termo capacitista que tenta invalidar os autistas, desprovendo-lhes de sua humanidade. Anjo não tem sexo, não passa fome, não precisa de TO, fono, psicóloga ou psiquiatra. Desconfie muito de quem usar esse termo, principalmente se for pai atípico global que quer só pagar de bonzinho para fortalecer a imagem de "Guardião de Anjo".

- Asperger: médico austríaco nazista que mandou crianças autistas para campos de concentração.

- Autista: mutação genética do *Homo sapiens*, combatida pela maioria dos brasileiros em 2022. X-Men que estão num espectro que vai desde dificuldades com comunicação e sentimentos até facilidades para tarefas que exigem concentração. Aproximadamente 2% da população mundial e 50% dos habitantes do Vale do Silício.

- Bolsominion: alemães e austríacos que eram afiliados ao partido do governo vigente, desencarnaram durante as décadas de 1930 e 1940, e reencarnam no Brasil a partir de então. Gente que se diz seguidora de Cristo e apoia o demônio (com todos seus atos e palavras que levam à morte, ao caos e à destruição).

- Bozo: anjo das trevas, belzebu, besta, Bolsonaro, capeta, cramunhão, chifrudo, cornudo, demônio, diabo, inimigo, Lúcifer, maldito, maligno, pai do mal, príncipe das trevas, rabudo, satanás, sujo, tinhoso.

- Capacitismo: discriminação da pessoa com deficiência, principalmente de maneira sorrateira. Pensamento de que PCDs são inferiores a pessoas sem deficiência. Maneira de tratar PCDs como anormais ou incapazes, comparados com um padrão de perfeição. Crime. Empresa que quer contratar PCD para serviços gerais para cumprir a cota e não ser multada.

- Capacitista: pessoa escrota que pratica capacitismo. Seres humanos que atacam a independência e luta dos PCDs.

- Covid-19: período denso da história brasileira, onde a pior pandemia em cem anos coincidiu com o negacionismo científico e esforços do governo federal genocida para disseminar o vírus.

- Transtorno do Espectro Autista: distúrbio do neurodesenvolvimento que causa uma variedade de características, muitas delas afetando comunicação, expressão de sentimentos e trazendo crises de convivências. Deficiência invisível. Significa que nós autistas somos tão deficientes quanto uma mulher cega ou alguém que se locomove com cadeiras de rodas, mas ninguém enxerga isso. O bagulho é tão louco que o governo até dá desconto em IPI para TEAs comprarem carro novo. Participamos de concursos públicos na cota dos PCDs por razões óbvias. Mas seguimos deficientes e invisíveis...

PREFÁCIO

Há os que escrevem bem, há quem escreva melhor e existem os que escrevem com a alma. Nesse último e seleto grupo encontra-se Corélio, que empresta muito de seu às personagens que cria, como o faz com o muito seu José dos Santos, pessoa autista como ele e eu, padecendo as agruras da Pandemia de Covid-19. Só não se explica como meu amigo captou também o sofrimento de um torcedor do Glorioso Cruzeirão Cabuloso, já que sua preferência futebolística é bem outra. Vá lá, ninguém é perfeito.

Sendo mesmo quase autobiográfica a escrita, tal alinhamento entre autor e personagem, nada mais propício que uma narrativa em primeira pessoa. Melhor ainda, que se faça na forma de diário, com a permissão de entrada no mais íntimo da pessoa. Afinal, diários não são para indiscriminada leitura e somente podem a ele ter acesso o próprio dono ou alguém que lhe seja extremamente íntimo. O escritor é assim o da primeira intimidade com o José, mas traz consigo a permissão de que o leitor também o venha a ser.

Causou-me certo espanto e confusão o título. Afinal, pessoa autista não é anjo, como também não vem a ser demônio. Quem vive com esse transtorno é humano, demasiado humano até, com exacerbada sensibilidade, peculiar visão de mundo, propensão doentia até à honestidade e uma ausência de filtro que chega a ser incômoda, não para si, mas para os outros. Aliás, pensava partilhar com ele a aversão a esse apelido. Porém, nas primeiras linhas do livro compreendi o propósito e não me decepcionei.

Se houver alguém que ainda insista na expressão anjo, que se lembre: deve ser com asas de aço, que lhe proteja e, apesar do peso, ainda permita planar sobre as incompreensões a que estará sujeito, com ou sem diagnóstico, feito cedo ou muito tarde, como bem comungamos saber. Nada como os querubins das igrejas barrocas.

De resto, também não dá para limitar a figura ao azul. O espectro é muito mais variado e abrangente que se imagina. Minha cor e a de Corélio não são as mesmas, a começar pela torcida eleita.

Tornando à obra, Corélio coloca em seu protagonista as cores próprias de um ser que se posta incongruente com o mundo, ou será o mundo incongruente com ele dizendo melhor. Traz seus conflitos, dores e delícias intensificados com a reclusão da crise sanitária e potencializado pelos ainda menos lógicos interlocutores que tem pelo caminho, a começar pela casa paterna.

Consegue o autor fazer sua criatura transitar do terno e meigo, como na pintura da demonstração de afeto paternal, ao lascivo quase pornográfico das suas relações amorosas ou apenas carnais. Visita também a delicadeza do acolher, a visão religiosa sem preconceito e passa pela externalização de suas convicções políticas de maneira predominante apaixonada. E nisso, o filho não foge à luta, mas não abandona o pai.

Ao fim e ao cabo, tudo deve ser compreendido como uma invasão nossa ao mais íntimo do protagonista, sabedores de que um diário é para quem o escreve, não Corélio, mas Santos. Daí a exibição de cores intensas e nada sóbrias, para serem vistas e lidas sem preconceito. Afinal, coisa muito certa de dizer, sendo o relato de uma vida autista por uma pessoa autista, e no âmbito de um diário, a ausência de filtro ganha magnitude que impressiona.

Espero que esteja preparado para a leitura que está por vir. De qualquer modo, sobreviverá a ela, mas só estará pronto a sorver o que se oferece caso a encare de mente aberta, sem preconceito e com disposição de entender que todos os viventes estão no espectro, mesmo que disso cuidem de pensar apenas dos autistas.

Belo Horizonte, 27 de janeiro de 2023

Marco Muniz
Primeiro leitor, neurodivergente e cruzeirense.
Nem anjo, nem demônio, muito menos azul.

SUMÁRIO

PARTE I
SEPARAÇÃO 18

PARTE II
LAUDO 48

PARTE III
ROMANCE 83

PARTE IV
SEPARAÇÃO 121

CONSIDERAÇÃO FINAL 144

ARTE DENTRO DA ARTE:
LIVROS E MÚSICAS CITADOS NESTA
OBRA DE FICÇÃO 146

Parte I

SEPARAÇÃO

1 de maio de 2020 – manhã

Eu e um caderno de rascunho. Minha mãe me disse que posso usar esse de capa xadrez que estava no armário do quarto de visitas.

Eu dormi aqui ontem.

Várias anotações de versículos da Bíblia, mas foco nas páginas em branco.

Suzana está na Inglaterra, não tem como me atender. Ela sugeriu que fazer um diário iria me ajudar a colocar os sentimentos no lugar.

Eu estou com ressaca de medicamentos. Minha mão está com a marca do soro que fiquei tomando o dia todo no hospital ontem.

Eu não moro mais com minha filha e não aguento ficar muitos dias aqui com meus pais.

E essa maldita pandemia de Covid-19. No Brasil.

Pena ter sido só início de infarto. Teria sido bom morrer ontem.

1 de maio de 2020 – tarde

O mundo muda quando você está deitado numa maca de hospital observando o teto branco e tentando entender o que fez para chegar até aquele momento. "Foi quase um infarte", alguém me disse algumas horas atrás, enquanto colocava dois comprimidos embaixo da minha língua.

Ontem eu acordei e tomei meu remédio para pressão, como todos os dias. Por volta das nove, comecei a me sentir estranho, com tontura e uma sensação de cansaço imenso no corpo. Fui ao posto médico perto da empresa onde prestava serviço e minha pressão estava 18 por 12. Quando eu disse para a enfermeira que tomo remédio desde os 35 anos, ela me recomendou ir imediatamente ao pronto-socorro de um hospital. Henrique estava me acompanhando na consulta e me levou para o Hospital Madre Teresa. Cheguei e fui direto para a maca. Passei a ser tratado como alguém prestes a ter um infarto a qualquer momento.

Tudo isso no meio dessa pandemia. Que merda de época para precisar de um pronto socorro... Todo mundo trabalhando com aquela cara de assustado e cansado.

Naquele momento eu já havia perdido as contas das vezes que meus pais perguntaram o que estava acontecendo comigo, e eu reclamava da Eduarda. Eles me respondiam que todo casamento era assim mesmo, mas não estou aguentando mais ficar em uma relação onde tudo é disputa e guerra de poder. Chegou a hora de me separar.

Eu não tenho vocação para briga como percebo na maioria das pessoas à minha volta. Gosto de paz com quem me relaciono e não consigo entender essa gente que adora fazer futrica em tudo. Fiquei mal há algumas semanas, quando bebemos uma garrafa de vinho cada um e depois ficamos gritando um para o outro que nossa relação estava uma merda.

No hospital o dia passou na velocidade do soro pingando para me hidratar. Fiz alguns exames de imagem para ver como estavam os músculos do coração, tive minha pressão monitorada diversas vezes, expliquei o que aconteceu de manhã para três médicos diferentes do pronto atendimento e dos exames. O teto branco do hospital foi a tela onde vi o filme com todos os detalhes do meu casamento. Minha memória fotográfica trazia para mim várias passagens onde eu também sentia o passado. O coração apertou de novo diversas vezes ao reviver a deterioração da relação que me levou ao hospital.

Saí no fim do dia do hospital e vim dormir no apartamento dos meus pais. Acho que não tenho mais casa, pois se eu moro com uma mulher e me separo, tenho que achar um novo local. Nunca separei antes e não sei quais são os protocolos.

Minha mãe chorou quando eu cheguei oito da noite, após ter alta de uma internação que começou antes das dez da manhã. Meu pai colocou a mão no meu ombro e falou que "a vida é dura mesmo, principalmente para quem é mole". Meu melhor amigo falou algo parecido há dois meses, dizendo que eu deveria ser mais casca grossa e menos sensível no casamento. Ele me lembra que desde a adolescência eu deixo as mulheres montarem em mim (no mau sentido do termo).

No desespero da emergência mandei uma mensagem para Suzana. Descobri só hoje que minha psicóloga está morando na Inglaterra, acompanhando o doutorado da esposa. Disse que me atenderia on-line se não estivesse com tantos pacientes e confessou que o plano das duas é não voltarem mais para o Brasil. Mais dois cérebros brilhantes que não aceitaram viver no país do Bolsonaro...

Ela prometeu procurar a indicação de alguma profissional para mim, mas me lembrou que eu sempre melhorava quando escrevia, dois anos atrás.

Essa foi a principal razão para eu começar este diário. Medida paliativa de socorro ao meu psicológico.

Agora, cá estou eu, escrevendo meus sentimentos num caderno velho, morando com meus pais, com o coração partido por um romance desfeito, chorando e sem ter para onde ir. Será que voltei para a adolescência?

2 de maio de 2020

Ainda bem que hoje é sábado e eu terei o fim de semana para organizar minha cabeça. Como minha vida chegou nesse ponto? Meu casamento acabou!

Tem hora que penso que o problema é só comigo, porque todo mundo fala a mesma coisa!

Enquanto isso ficam passando várias lembranças de nós juntos, desde o início do namoro até as discussões constantes que virou o casamento! E odeio brigar! Eu pensava que a chegada da nossa filha iria mudar algumas coisas entre nós, mas parece que só piorou. Eu não aguento dormir na mesma cama com alguém que deveria me ajudar e estava me tratando como escravo. Por que só a vontade da Eduarda?

E a merda da minha memória parece um cinema 3D. Vem o filme, os ambientes, os diálogos, as vezes que ouvi "eu te amo" de Eduarda, e depois todo o roteiro degringolando. As variações de humor que eu não entendo. A tensão em não saber com quem que eu estava casado. Parecia que cada dia eu encontrava uma mulher diferente quando voltava do trabalho.

O que eu não entendo era o tanto de combinados que ela furava. Parece que o prazer dela era DR. A gente sentava, conversava, acertava a resolução do problema. No dia seguinte ela esquecia e fazia tudo do jeito dela, sem me falar nada, como se o que nós tivéssemos conversado simplesmente não existisse.

E agora? Eduarda me contou que Juju está perguntando desde quinta que horas o papai chega. Ontem eu estava casado, hoje eu não tenho casa e passei várias horas deste sábado pesquisando sobre guarda compartilhada. Junto com uma psicóloga, eu tenho que achar um advogado na segunda, sem falta.

Enquanto isso meus pais me falam que eu deveria reconsiderar e conversar com Eduarda sobre condições para seguir no casamento. Os pais dela me ligaram, segundo eles para saber como estou e me falar que sigo sendo um filho para eles.

Eu não paro de chorar, e sinto um peso no coração que me dá vontade de morrer.

3 de maio de 2020

Agora já está de noite e eu não consigo dormir porque minha cabeça não processa a quantidade de emoções que vivi hoje. Escrever realmente tem feito com que pelo menos parte das dores saia de dentro de mim e venha para o papel. Suzana estava certa quando me receitou voltar ao diário. Colocar meus sentimentos em palavras escritas faz bem para mim. Eu preciso me lembrar disso mais frequentemente.

Hoje peguei Juju para passar o domingo conosco. Tanta novidade! Primeiro fui dirigindo para o apartamento que era meu até alguns dias atrás. Depois percebi que não moro mais com minha filha. Parei o carro fora da garagem do prédio e o porteiro anunciou meu nome para a Eduarda. Essa ficha está muito difícil de cair. E eu me sinto destruído, destroçado por dentro. O coração está com um vazio de buraco negro, atraindo para dentro de si todo sentimento de dor no mundo.

Almoçamos juntos com meus pais. Minha mãe, certo momento, falou para mim com olhos cheios de água que era um crime eu me separar daquela criança tão doce e inocente, que não sabe de nada da vida ainda. Custei a explicar para ela que eu estava me divorciando da minha ex-esposa, e que isso não muda em nada meu papel de pai e minha responsabilidade com Juju. Acho que ela não entendeu... nem ela, que é professora, ou a religiosidade dela não a deixa compreender, sei lá. Será que eu sou tão errado assim em pensar que o melhor é separar quando você tem consciência de que o casamento não deu certo? Acho tão estranho eu ter que discutir isso com meus pais e eles ainda tentarem me impor a vontade deles, como se eu não fosse adulto. Por que essa insistência toda, mesmo depois de eu quase ter infartado três dias atrás? A vida da Juju será tão destruída assim por ter pais separados?

Amanhã cedo vou atrás de advogado e psicólogo.

5 de maio de 2020

Ontem foi um dia muito produtivo. Logo de manhã consegui um contato de uma advogada especializada em acordos na separação, que tinha horário para uma consulta hoje de tarde. Esses atendimentos on-line até que estão ajudando bastante. A pandemia não é boa, mas é preciso se adaptar e seguir a vida.

A conversa foi muito esclarecedora. Primeiramente houve um acolhimento da situação de quem acabou de terminar o casamento. É muita frustração envolvida. Amigos estão virando a cara para tomar lado em um assunto que não conhecem direito. Acho que a doutora Marta atende mensalmente algumas dezenas de pessoas em meio à separação. Ela iniciou falando que estava à minha disposição para auxiliar num acordo que seja bom para as duas partes e me recomendou terapia. Mais uma pessoa dizendo isso, além do meu coração quase infartado.

O assunto ficou jurídico de fato quando ela me pediu para listar o que eu acharia justo no contexto do divórcio, pensando que havia uma outra parte também machucada com a situação e uma criança de 2 anos cujos interesses deveriam ser considerados antes de tudo. Como pano de fundo, para piorar: todo mundo assustado com essa pandemia. Eu adorei o jeito que ela falou da Juju, pois colocou minha filha como um sujeito nessa equação, que deve ser construída para agradar a todos. Conversamos muito sobre guarda compartilhada e descobri que tem muita gente estudiosa concordando comigo e discordando da minha mãe: casamento é uma coisa, paternidade é outra! Eu estou separando da Eduarda pela consciência que tenho que não daremos mais certo. A gota d'água (ou de álcool) foi nossa discussão gritando um com o outro depois de uma garrafa de vinho na cabeça de cada um. Minha casa virou um campo de disputa. Por mais que eu veja que todos os casamentos a minha volta sejam um inferno em que as pessoas gostam da companhia um do outro para brigar (a começar dos meus pais), eu não quero isso para mim e ponto final.

Por fim acho que a coisa mais importante é manter o máximo contato possível com minha filha.

Discutimos os assuntos de praxe, como pensão, quem fica com o que, divisão do apartamento que nós compramos juntos, dias de visita, alternância de fins de semana e feriados, relações entre famílias e muita burocracia.

Saí da consulta com a cabeça quase explodindo e fui direto para a cozinha preparar um tira-gosto para pensar. Em dez minutos voltei para o meu quarto com uma porção de carne com cebola, uma cerveja e uma pinga. Meus pais me olharam assustados enquanto eu preparava minha comida.

Eu estava no meio da primeira garrafa quando recebi uma mensagem da Suzana com o contato de uma psicóloga que foi colega dela na pós em São Paulo: Ludmila, uma paulista que estava provisoriamente em Belo Horizonte para passar a pandemia com uma tia idosa que mora sozinha. Ela a conhecia havia muitos anos e me recomendou, principalmente, pela colega gostar tanto de estudar como eu. Suzana lembrava das vezes que durante a sessão ela trazia dados científicos sobre depressão e com isso eu conseguia elaborar melhor minhas dores e diminuir a culpa de estar doente. Disse que iria recomendar essas abordagens à colega, pois percebia que a racionalidade me ajudava muito nas minhas dificuldades sentimentais.

Mandei um zap e a minha primeira terapia já está marcada para depois de amanhã.

E a tal da Ludmila é linda. Uma boca que parece beijar muito bem e óculos que dão a ela um ar de mulher estudiosa que me agrada muito!

9 de maio de 2020

Anteontem tive minha primeira terapia com a Ludmila. Esses tempos de pós-separação me fizeram chorar como um bebê faminto que não vê a mãe por perto. Estou mais leve e relembrando o quanto o tratamento psicológico com a Suzana me fazia bem. Pela primeira vez desde o divórcio consegui colocar tudo para fora: o susto do quase infarto no início do dia de trabalho, a saída de noite do hospital direto para a casa dos meus pais, a falta de acolhimento deles dizendo que eu deveria pensar na Juju e não separar, a ressaca dos remédios no dia seguinte, o porre que tomei para beber essa nova realidade de vida, o primeiro domingo pegando a Juju numa casa que não é mais minha e combinando o horário da volta, a insegurança da situação nova, a frustração que estou pelo casamento que não deu certo, a revolta por todas as instabilidades e as quebras de contrato da Eduarda, as lágrimas rolando numa cama de solteiro que nem me cabe direito, as explicações que tenho que dar para meus pais, a "volta à adolescência".

O único momento que consegui rir foi quando ela disse que separação não era uma viagem à Disney.

E para deixar tudo mais esquisito eu estava conversando com um computador. Quando comecei a terapia, estranhei conhecer Ludmila pela tela, mas meu estado emocional precário fez com que eu me adaptasse muito rápido ao atendimento on-line. Esquisito foi chorar e não ter uma mão me estendendo uma caixa de lenços. Ao invés disso, tive que pedir licença e ir até o banheiro pegar um rolo de papel higiênico.

Como eu já esperava para uma primeira sessão, eu desabei a falar sobre meu presente e a dificuldade íntima que sinto para me adaptar a essa nova situação que eu já estava prevendo que aconteceria. Comentei isso com a Ludmila: eu via nos últimos meses que o meu casamento caminhava para o fim, o que até me aliviava. Mas estou tendo muita dificuldade para lidar com isso que eu estava desejando. Eduarda me provava a cada dia que temos várias discordâncias em coisas básicas, desde a decoração da casa até onde gastar nosso dinheiro. Para não falar das visões de mundo muito diferentes. Estranho isso. Eu tenho várias esquisitices, todo mundo sabe, principalmente ela que convive comigo desde a adolescência. Por que essas coisas que ela adorava no namoro viraram motivo de reclamação constante dela no casamento? E aquele estado de tensão permanente em que a gente vivia? Tudo era motivo para enfrentamento! E eu tenho muita preguiça disso... Acho um desperdício de energia tão grande, principalmente num relacionamento que deveria ser meu porto seguro. De problema já me basta o mundo que me espera do lado de fora da porta do meu apartamento. Ou ex-apartamento, melhor dizendo. Por que eu tenho que viver lutando num lugar onde eu deveria descansar e me refazer?

Mas enfim, estou mais leve nesse sábado ensolarado, véspera do Dia das Mães. E no meio dessa bagunça toda me sinto na obrigação moral de comprar um presente para a Juju dar a Eduarda amanhã. Por mais que eu odeie *shopping*, tenho que ir lá em plena pandemia, com máscara e medo. Como eu sempre falo para os meus pais: a separação é entre marido e mulher. Não muda as relações de paternidade e maternidade. Amanhã minha filha merece ter um bom dia com a mãe, e Eduarda segue sendo uma cuidadora excelente da Juju.

13 de maio de 2020

Meu pai é espírita e me recomendou ir tomar passe na Umbanda hoje. Disse que os Pretos Velhos irão me ajudar muito a sair dessa obsessão que estou com a separação.

Eu só racionalizo e fico ruminando lembranças. Não entendo como tudo chegou num ponto que minha saúde foi colocada tão em risco de um quase infarto.

Hoje peguei uma fotografia do dia do casamento. Os pais da Eduarda abraçados comigo e meus pais abraçados com ela, mostrando que as famílias agora se uniam a ponto de nos tornarmos filhos dos nossos sogros. Meus pais vestidos de última hora por esquecerem do dia do civil. Todo mundo ajuntado, numa pose forçada para a fotógrafa. Sogro, sogra, eu, Eduarda, mãe, pai, tabelião com faixa verde-amarela e assistente.

Todos atrás da mesa, lado a lado, com sorriso no rosto. Os homens de ternos escuros e as mulheres de roupas claras, como manda o figurino. O livro que assinamos em cima da mesa, simbolizando a formalização da nossa relação perante o Estado.

O que estava subjetivo naquela foto era mais importante ainda. A Tradicional Família Mineira se renovava com mais um casal de trinta e poucos anos investindo tempo e dinheiro para formalizar o relacionamento.

Ontem, minha ex-sogra que me abraçava, me mandou uma mensagem dizendo que não queria conversar nunca mais comigo na vida.

Fotografias congelam sentimentos no tempo. Meu casamento com Eduarda acabou. A imagem dele continuará eterna enquanto essa fotografia existir. Ou enquanto eu, ela ou qualquer outra pessoa pensar no tempo em que éramos casados.

16 de maio de 2020

Morar de novo, temporariamente, com meus pais tem me lembrado coisa demais da infância. Temas que eu pensei que estavam bem resolvidos na minha cabeça. Os dois brigam o tempo todo e eu não entendo esse padrão de relacionamento que os une por pequenas agressões cotidianas.

Meu pai não fica em casa e repete as mesmas mentiras do Bolsonaro, "vírus chinês", "frescura", "gripezinha" e "resfriadinho". Sai sem avisar com alguma desculpa idiota como comprar pão, cigarro, jornal ou dar uma voltinha no quarteirão para desenferrujar as juntas. Hoje minha mãe explodiu na terceira vez que ele voltou da rua e gritou muito enquanto o empurrava para o banheiro para tomar banho. Depois teve uma crise de choro compulsiva, falando que não aguentava viver com a ignorância do meu pai, que já estava difícil ouvir as notícias da imprensa falando o tempo que a maioria das mortes por Covid-19 eram os velhos e que não sabia onde aquele homem charmoso e atencioso que ela conheceu na adolescência estava, pois tinha virado esse velho troglodita negacionista. Na sequência ela me abraçou chorando e eu fiquei travado, sem saber o que fazer. Fiquei em silêncio e ouvimos meu pai cantarolar a "Canção do Soldado" embaixo do chuveiro. Ela teve um acesso de riso e choro ao mesmo tempo e foi furiosa para o banheiro gritar pro meu pai:

"Como você se sente vendo as Forças Armadas de putinha de miliciano, Rogério? Você que tanto falou da lei a vida toda, seu moralista? Como você se sente batendo continência pra criminoso, seu escroto?"

Ela bateu à porta do banheiro e eu voltei pro quarto para trabalhar. Coloquei Titãs no último volume do fone de ouvido e concentrei no programa que eu estou trabalhando.

"Eu não tenho mais a cara que eu tinha
No espelho essa cara já não é minha

Que quando eu me toquei, achei
tão estranho
A minha barba estava desse tamanho
Será que eu falei o que ninguém ouvia
Será que eu escutei o que ninguém dizia?
Eu não vou me adaptar, eu não vou
me adaptar
Não vou me adaptar, eu não vou me adaptar
E eu não vou me adaptar"

20 de maio de 2020

Estou com depressão e me assusto que seja só eu no meio desse inferno que o Brasil virou. A pandemia não é suficiente. Temos que sofrer pelo vírus e pelo verme!

Tem horas que eu penso que é um pesadelo e que vou acordar em algum momento. Parece que Hitler reencarnou no Brasil e está querendo que o máximo de brasileiros morra de Covid-19. Após demitir dois médicos, Bozo simplesmente informou que o cachorrinho do general, que será o novo Ministro da Saúde, vai publicar um novo protocolo para ampliar o uso da Cloroquina como cura para o vírus. E ponto final! Afinal, para que serve um militar além de obedecer ao seu superior?

E emenda com uma piada de psicopata: "Quem é de direita toma cloroquina e quem é de esquerda toma tubaína", gargalhando.

Onde está o Conselho Federal de Medicina? Por que será que há tantos médicos apoiando Bozo?

Por que na Alemanha um médico ganha como um professor, e no Brasil há tanta disparidade?

Fico me lembrando da oftalmologista que consulto há vinte anos tentando me convencer que Bolsonaro é ótimo. Ou do meu amigo de adolescência cardiologista, que adorava falar em Liberdade, Igualdade e Fraternidade. Tudo bolsominion em 2020...

22 de maio de 2020

Ontem tive minha terceira sessão com a Ludmila. Já estou me acostumando com essa ideia de que o escritório é o centro das minhas comunicações com o mundo durante a pandemia e eventualmente vira consultório de psicóloga. É onde faço as reuniões de trabalho e também onde bebo, vejo filmes. É minha janela para o mundo enquanto estamos todos trancados em casa para não lotar os hospitais.

Durante a terapia ela me perguntou sobre as coisas que mais me incomodavam nas lembranças do casamento desfeito. Quais lembranças me deixam mais deprimido. Respondi que era um misto do sentimento de tempo perdido com a ruminação de recordações muito amargas. Por que eu me sujeitei a um controle por sexo? Se eu fazia o que Eduarda queria de mim ganhava tudo na cama. Caso contrário, seca de um ou vários dias, dependendo do incômodo dela. Logo eu, que percebo no meu corpo e no meu ânimo tudo de bom que uma boa trepada pode trazer.

Comentei também na terapia que estou num site de relacionamentos sexuais, tipo um Tinder para foder direto. Mesmo com a pandemia estou me arriscando em encontros com mulheres que também só querem trepar. Lud ouviu com atenção minhas justificativas para procurar apenas sexo e me recomendou seguir alguns perfis sobre sexologia no Instagram. Há muitos profissionais trazendo informação científica com linguagem direta! Então, meu programa de quinta à noite foi tomar uma garrafa de vinho e assistir a algumas reflexões profundas sobre sexualidade, possibilidades de relacionamentos e dicas para gozar melhor.

23 de maio de 2020

Quando eu digo que voltei à adolescência isso inclui ser um espectador passivo das brigas diárias dos meus pais. Acho louco perceber que em algum momento do casamento os laços de amor que os uniam se transformaram em algemas de raiva, rancor e ódio. Apesar da minha memória sempre se lembrar dos dois brigando, minha mãe diz que no início do casamento era diferente. Segundo ela, meu pai sempre foi rígido, sim, parece até que nasceu militar: disciplinado, metódico, controlador, gostava de deixar tudo organizado. Mas também era doce na adolescência, quando se conheceram.

Fato é que esse casamento longo tem tanto ressentimento que parece uma panela de pressão apitando. E ninguém vai lá desligar o fogo...

Pela milésima vez na pandemia (segundo minha mãe, novamente), meu pai foi à padaria e chegou da rua sem tirar os sapatos nem passar álcool em gel nas mãos. Para melhorar ele foi pra cozinha e começou a mexer em tudo, procurando comida. Foi o suficiente para minha mãe começar a gritar e perguntar se ele estava sabendo que havia uma pandemia, e que um dos cuidados básicos com as pessoas que moram juntos na casa é evitar que o vírus entre quando se chega da rua! Na sequência ele disse que não acreditava em nada que a imprensa dizia e a Covid-19 era só uma gripezinha supervalorizada pela imprensa para que os chineses comunistas dominem o mundo mais rápido.

Ouvir isso foi o suficiente para minha mãe pegar o copo que estava lavando, jogar na parede e começar a chorar compulsivamente. Meu pai colocou a mão no ombro dela e ouviu um sonoro "tira a mão de mim, seu bolsominion" gritado pelo amor da vida dele.

A conclusão desse teatro foi minha mãe ir chorando para o banheiro dela, meu pai voltar para a porta para dar mais uma volta fora de casa e eu ir assustado para meu quarto trabalhar e escutar música.

Não basta separar e ter que lidar com um monte de emoção nova. Há que se voltar para a adolescência também.

Coloquei Luiz Melodia e me concentrei num aplicativo que eu estou escrevendo, com a certeza de que preciso me mudar logo.

"Tente usar a roupa que estou usando
Tente esquecer em que ano estamos
Arranje algum sangue, escreva num pano"

Preciso sair urgente daqui. Não aguento mais morar com meus pais de novo.

25 de maio de 2020

A pandemia está mostrando que cada vez mais as pessoas farão tudo virtualmente. Bom para mim, que trabalho com isso. Hoje entrei numa imobiliária virtual e gostei da proposta de fazer tudo remotamente, sem precisar de fiador, só mandando a declaração de imposto de renda. Quarta vou olhar um apartamento que fica perto da casa da Eduarda, o que diminuirá o tempo da Juju no trânsito entre idas e vindas da guarda compartilhada. Fora que tem varanda e é perto de uma mata.

27 de maio de 2020

Fui ver o apartamento hoje cedo, e foi paixão à primeira vista. Rua sem saída, silenciosa. Prédio com vista para mata e uma área externa com árvores, piscina, sauna e quadra de peteca. Posso descer para respirar nessa pandemia quando não aguentar mais ficar em casa, sem precisar ir para a rua. Dois elevadores e vagas de garagem cobertas.

O apartamento em si tem quartos pequenos, mas os armários embutidos valorizam muito o espaço. Juju terá um cantinho só para ela brincar, com muito verde na janela! A suíte onde vou dormir só cabe uma cama de casal, mas tem uma pequena varanda onde posso colocar uma mesinha e um tamborete para trabalhar. Vou realizar o sonho de ter um ambiente conjugado com escritório e banheiro, de frente para um parque de preservação permanente. O terceiro quarto será de visitas, para facilitar o dia que mãe ou pai quiserem dormir aqui em casa.

A melhor surpresa ficou pela rapidez de fechar tudo pela web, sem precisar de fiador e uma pá de burocracia que as imobiliárias pedem normalmente para um contrato de aluguel. Encontrei o corretor na visita hoje cedo e recebi a aprovação do contrato 17h30. Pego as chaves na sexta e vou me mudar nesse fim de semana. Não aguento mais ficar aqui com meus pais.

30 de maio de 2020

Morto de cansado, mas muito feliz. Hoje vou dormir no apartamento novo. O fogão e a geladeira chegaram juntos com uma parte pequena da mobília que um caminhão de mudança trouxe da casa de Eduarda. A cama e a cômoda da Juju chegam na segunda, com uma pequena mesa e quatro cadeiras.

Vida realmente nova a partir de hoje. Agora vou fechar esse caderno e abrir uma garrafa de *whisky* para comemorar!

2 de junho de 2020

Hoje uma bolsominion pediu uma mensagem de apoio às famílias enlutadas pelas vítimas de Covid-19 para o tirano eleito, no curralzinho onde ele recebe o gado. A resposta: "Eu lamento todos os mortos, mas é o destino de todo mundo". O país está com mais de trinta mil mortos em menos de três meses de pandemia e o miliciano não consegue nem fingir que tem empatia pelas famílias enlutadas.

Quem votou no Bozo deve estar se sentindo muito bem representado por ele nesta pandemia.

7 de junho de 2020

O imbecil que ocupa o cargo de presidente resolveu declarar guerra à saúde. Com mais de sessenta e seis mil mortos (como se isso fosse a coisa mais comum do mundo), ele declarou que a Covid-19 "é como uma chuva e vai atingir você". Eu simplesmente não entendo de que esgoto saíram essas pessoas que se sentem representadas por Bolsonaro. Eu tinha uma visão tão romântica dos brasileiros...

Imagina quem está na linha de frente dessa batalha! Médicos, enfermeiros, profissionais de saúde, trabalhadores de hospital. Todos juntos para curar pessoas que são contaminadas por um vírus que o presidente ajuda a disseminar. Nem as coisas mais básicas são respeitadas! Nem máscara e nem distanciamento social!

15 de junho de 2020

Na última sessão com Lud, eu comentei um hábito que eu tenho e que me atacou hoje. Fiquei fixado numa música e acho que a ouvi umas trinta ou quarenta vezes o dia todo. Coloquei em *loop* para me ajudar a escrever um programa e consegui concentrar melhor no trabalho. Já ouvi muito de Pitty, mas nunca tinha reparado direito na letra de "Máscara".

"Diga quem você é, me diga
Me fale sobre a sua estrada
Me conte sobre a sua vida

Tira a máscara que cobre o seu rosto
Se mostre e eu descubro se eu gosto
Do seu verdadeiro jeito de ser

Ninguém merece ser só mais um bonitinho
Nem transparecer consciente
inconsequente
Sem se preocupar em ser adulto ou criança

O importante é ser você
Mesmo que seja estranho, seja você
Mesmo que seja bizarro, bizarro, bizarro"

A música grudou igual chiclete na minha cabeça. Rock básico com bateria, baixo e guitarra. A voz da Pitty gritando:

"Ninguém merece ser só mais um bonitinho
Nem transparecer consciente
inconsequente
Sem se preocupar em ser adulto ou criança
O importante é ser você
Mesmo que seja estranho, seja você
Mesmo que seja bizarro, bizarro, bizarro"

Passei o dia inteiro ouvindo isso e a música repetindo na minha cabeça:

"Mesmo que seja estranho, seja você
Mesmo que seja bizarro, bizarro, bizarro"

Engraçado o quanto tenho levado isso para a terapia. Eu sempre soube que sou diferente. Há algo que não sei o que é. Esses tempos malucos estão acabando comigo. Não tá fácil separação com pandemia de Covid-19, sob a regência de vossa majestade Bozo I, o Miliciano.

26 de junho de 2020

Ontem tive uma das sessões mais pesadas desde que comecei a fazer terapia. Do mesmo jeito de toda quinta Ludmila me perguntou como eu estava. Desfiei o rosário reclamando de Eduarda.

Falei de mudanças de escala com a Juju, das diferenças no fechamento do acordo com a advogada e de padrões que eu via agora no casamento que me revoltavam, como o sexo regrado de acordo com meu grau de obediência. Falei mal da minha ex compulsivamente por uns trinta minutos. Após parar, Ludmila me disse algo que me deixou sem chão: "Se eu estivesse em um casamento que terminasse, eu iria me perguntar primeiramente qual foi minha responsabilidade no fim da relação, depois eu refaria essa pergunta, e por fim eu me indagaria qual é a minha contribuição para a ruína do matrimônio". Eu fiquei tão imóvel em silêncio com o choque dessa ideia que a imagem da videochamada parecia congelada. Ludmila prosseguiu falando que ela era minha psicóloga e por isso achava que deveríamos centrar o tratamento no meu comportamento e naquilo que eu podia mudar, para além das ações das outras pessoas ou das circunstâncias políticas do país. No fim da sessão ela recomendou uma avaliação neuropsicológica, pois estava preocupada com a intensidade da minha depressão e a repetibilidade dos meus pensamentos.

Por mais que pareça óbvio, estou com a sensação de que uma grande ficha caiu ontem. Parece que eu tenho uma rigidez de pensamento que faz com que determinadas lembranças (com suas emoções) fiquem girando várias vezes na minha cabeça, trazendo um cansaço íntimo imenso. Estou com tanta raiva que não consigo me desvencilhar do passado, mesmo aproveitando uma vida de solteiro, da qual estou gostando bastante agora.

Será que eu sou tão gente boa assim?

Será que Eduarda é esse demônio em pessoa que minha mente pinta?

E se eu estiver nessa situação repetindo um mesmo comportamento machista e babaca de que minha mulher era "a louca da relação"?

Essa linha de pensamento vai me curar ou continuar me adoecendo?

O término de um casamento é extremamente dúbio. Tenho sentido uma raiva imensa nesses últimos dias. Mas e aquele "eu do passado" que se casou com Eduarda e mora dentro de mim? Como ele está vendo toda essa situação de guerra hoje?

E a minha frustração pela separação? Quando olho para dentro vejo que há uma ferida enorme! Estou com dificuldades para manejar o processo de desilusão do fim do casamento. Eu vejo as outras pessoas a minha volta lidarem com seus sentimentos de uma forma que me parece bem mais equilibrada. Eu sinto como se tivesse um amplificador que me impede de permanecer centrado quando coisas inesperadas acontecem.

E eu ainda não consegui me esquecer do teto branco do hospital que eu observava quando quase infartei. Eu fecho os olhos e as mesmas imagens voltam à minha cabeça, como se fosse presente. O teto branco com tons diferentes de amarelo pela iluminação. A lâmpada piscando poucos metros à minha frente, indicando que o reator tinha chegado ao fim da sua vida útil.

Será que eu tenho mais medo da morte do que eu imaginava?

20 de julho de 2020

Hoje fiquei trabalhando o dia inteiro com uma música em *loop*.

"Mas louco é quem me diz
E não é feliz, não é feliz
Eu juro que é melhor
Não ser o normal
Se eu posso pensar que Deus sou eu"

Deu uma coisa boa na alma programar canta-rolando junto com o Arnaldo Baptista:

"Sim sou muito louco, não vou me curar
Já não sou o único que encontrou a paz
Mas louco é quem me diz
E não é feliz, eu sou feliz"

26 de julho de 2020

Hoje consegui conversar com Eduarda com calma sobre nossa separação. Como todos os cafés e bares de BH estão fechados pela pandemia, marcamos de conversar numa praça.

O fim do nosso casamento foi uma merda. Mas eu estou percebendo muita coisa que eu simplesmente não enxergava antes...

Fiquei surpreso quando ela me disse que também estava feliz com a separação. Eduarda deu risada da minha cara de espanto e enumerou um monte de esquisitice minha que ela já estava de saco cheio há anos, mas nunca tinha me falado com medo de me magoar. Na lista havia minha mania de não fechar gavetas, a bagunça que deixava na casa, a facilidade com que eu me abstraía das nossas conversas, meu mundo do trabalho, onde eu entro e não percebo nem a Juju colocando o dedo na tomada no meu lado. Eduarda reclamou até do meu jeito desajeitado de ser, da falta de companhia para dançar quando íamos a festas e do dia que eu sem querer quebrei metade da coleção de xícaras que ela herdou da mãe. Dizia que agora que tinha se separado estava só esperando a pandemia passar para fazer um monte de programas que ela tinha se privado por ser casada comigo, como ir para os *shows* lotados de festivais na esplanada do Mineirão e passear pelo *shopping* sem ter alguém falando para ir embora a cada cinco minutos.

Eduarda também agradeceu por eu ter procurado uma advogada especializada em acordos. Ela está encantada com o profissionalismo e a gentileza da Marta, que Duda definiu como exemplo de gentileza competente. Muita gente vira bicho na hora de separar e trata o outro como inimigo.

Concordamos que somos adultos e não precisamos disso por vários motivos, inclusive respeito a nós mesmos e a Juju. No frigir dos ovos nosso processo passa na frente dos divórcios com briga e vamos ter nossa situação jurídica resolvida mais rapidamente, com um acordo costurado por nós e não saindo da decisão aleatória da cabeça de um juiz... Pessoal maldoso comenta que ninguém sabe o que sai de uma fralda de neném e de uma sentença da justiça brasileira.

Por falar nela, estamos os dois muito satisfeitos com os resultados visíveis até agora da guarda compartilhada. Até agora é pouco mais de dois meses, mas Juju está muito à vontade com a situação, inclusive feliz porque agora tem dois quartos: um na casa da mamãe, outro na casa do papai. O mais importante é que ela está se sentindo amada por nós dois e percebe que tanto a mamãe quanto o papai estão lá para o que ela precisar. Os pais se separaram, e Jujuzinha segue dando risada nos seus dois quartos, brincando e dançando.

Tão engraçado ver uma menininha de 2 anos perceber coisas que adultos de trinta não percebem...

2 de agosto de 2020

Hoje passei o dia do jeito que gosto. Sozinho, programando, ouvindo música.

Fiquei pensando com o *loop* do dia como deve ser gostoso e confortável morar numa baleia.

"Dentro da baleia a vida é tão mais fácil
Nada incomoda o silêncio e a paz de Jonas
Quando o tempo é mal, a tempestade
fica de fora
A baleia é mais segura que um
grande navio"

Passei a manhã toda esboçando o aplicativo a partir do planejamento que o Henrique me passou.

"E ele diz que se chama Jonas
E ele diz que é um santo homem
E ele diz que mora dentro da baleia por
vontade própria"

Estava tão animado que emendei a tarde com o início da noite testando para deixar tudo finalizado.

"E ele diz que está comprometido
E ele diz que assinou papel
Que vai mantê-lo dentro da baleia
Até o fim da vida
Até o fim da vida
Até subir pro céu"

Eu pedi uma semana para fazer esse aplicativo que terminei hoje. Acho que vou passar os próximos seis dias testando o que já está pronto, lendo notícia do cabuloso e tentando arrumar alguma mulher para trepar. Tô precisando muito de alguém me chupando enquanto eu bebo uma dose de vodca.

Parte II

LAUDO

30 de agosto de 2020

Ontem o Cruzeiro perdeu de dois a um para o América!! Não basta estar na série B, tem que passar vergonha também. O cabuloso não está me ajudando a sentir menos raiva na pandemia.

7 de setembro de 2020

O Cruzeiro me empata com o CRB em pleno feriadão nacional. É para foder, mesmo! Só falta esse time não me subir esse ano!

Enquanto isso em Brasília o presidente juntou uma multidão para fazer festa. As Forças Armadas proibiram comemorações do Sete de Setembro por causa do Covid-19, mas o genocida faz questão de aglomerar sem máscara. Parece até que o desejo dele é que o vírus se espalhe o máximo possível.

Sábado eu tive mais uma bateria de exames para a avaliação neuropsicológica que Ludmila me pediu. Achei até divertido. Um monte de quebra-cabeças tentando medir minha capacidade de perceber padrões ou reconhecer o que está faltando em uma série. Parecia *sudoku* ou palavras cruzadas, nível *hard*. Teve um que eu acertei vinte e nove respostas em trinta. Creio que no meio dessa pergunta sobre ser ou não autista há também uma medição da inteligência que deve ser útil para alguma coisa.

13 de setembro de 2020

Hoje o almoço de domingo foi uma praça de guerra. Tá ficando difícil colocar seu Rogério e dona Lúcia na mesma mesa para falar de qualquer coisa que esbarra em política.

Tudo estava indo bem até a terceira cerveja. Meu pai resolveu citar o Bozo falando que a pandemia estava praticamente sob controle. Minha mãe disse que não queria falar disso no almoço. Ele insistiu falando que não aguentava mais ficar em casa por causa de "um vírus fabricado em laboratório pra China comunista dominar o mundo" e minha mãe explodiu.

"Para de repetir essas merdas de *fake news* aqui, Rogério! Já te pedi um milhão de vezes! Pelo amor da minha saúde mental, cala a boca".

Meu pai assustou com o grito e Juju começou a chorar, sem entender a briga dos avós.

Parece uma viagem de volta à adolescência. Meus pais brigando e eu na arquibancada, calado. Talvez se eu tivesse berrado e chorado em algum momento da vida, como a Juju fez hoje, eu estaria com mais saúde mental na idade adulta.

Saímos do almoço e fomos para a Praça da Assembleia brincar. É estranho ver as crianças balançando e subindo no escorregador de máscara. Meninas e meninos menores que 10 anos seguindo as recomendações da OMS. O presidente da República não usa para colocar crianças no colo. Esse país virou um pesadelo!

26 de setembro de 2020

A partir de hoje sou oficialmente um autista. Fui ao consultório da neuropsicóloga que está me avaliando. Foi nosso segundo contato pessoal, além das sessões on-line com todo tipo de testes misteriosos. Passamos umas dez horas juntos nos últimos quarenta dias. Ela realmente é uma excelente acadêmica, muito gabaritada, mas foi bem fria na hora da entrega do laudo.

Eu chorei quando percebi que minha hipótese estava correta. Sou autista. Junto com essa informação, duas surpresas a mais: também sou superdotado e estou com uma depressão severa.

A psicóloga me passou uma caixa de lenços e em seguida entregou uma pasta com a logomarca da clínica. Disse que não gostava de explicar o laudo no dia para o cliente e que preferiria que eu lesse as dezesseis páginas (mesmo não tendo conhecimento técnico do que está escrito ali) e se tivesse alguma dúvida falasse com ela.

Quando eu fiquei sozinho na calçada, quinze minutos após a maior descoberta da minha vida adulta, passaram milhares de pensamentos na minha cabeça. Um deles é que devem existir profissionais no mundo que ganham dinheiro com TEA e que não têm empatia com autistas. Outro é que eu deveria me versar em psicologuês se quiser realmente me conhecer. Dezesseis páginas que parecem pesar dezesseis toneladas com termos que soam russo.

E eu sozinho, na rua, numa calçada de Belo Horizonte. O prédio da Santa Casa ao longe me convida para uma internação. E se eu simplesmente morresse? Ou ficasse deitado um mês? Aliviaria a dor desse parto a fórceps?

Minha infância, a adolescência em silêncio, a faculdade em depressão. As cenas da minha vida se alternando na minha cabeça para mostrar um padrão que eu desconfiava que existia, mas não sabia nomear.

Ainda na calçada, com as pessoas em volta caminhando apressadas, de máscara, como se fossem culpadas por estarem fora de casa.

Comparam o laudo a um segundo nascimento. No meu primeiro havia uma equipe de médico, anestesista, enfermeira, uma sala de parto. Gente que me amparou quando eu nasci, e cuidou de mim e da minha mãe. Quando renasci autista, vi a solidão que me aguardava. Lembrei de uma frase de Jung: "Conheça todas as teorias, domine todas as técnicas, mas, ao tocar uma alma humana, seja apenas outra alma humana". Não gostei do jeito que minha alma foi tocada no dia que recebi meu laudo informando que tenho TEA.

Fiquei imóvel por vários minutos sem saber o que fazer. Por fim, vim para casa, abri uma garrafa de *whisky* e esse caderno para escrever. Com sorte, eu consigo sentir menos.

Vou encher a cara para beber minha frustração. Estou me sentindo como um bebê no corpo de um adulto. Acabei de nascer. A parteira falou para eu ir para a casa descansar. Daqui a uma semana ela passa lá para trocar minhas fraldas e me alimentar. Enquanto isso eu que me vire para entender o que é neuroticismo, suas facetas e tudo mais que eu não compreendo nessas malditas dezesseis páginas.

27 de setembro de 2020

Acordei de ressaca, cabeça doendo horrores, uma sede sem fim. Quando voltei a pensar lembrei do dia anterior com todos os detalhes. O consultório vazio, a psicóloga fria, as dezesseis páginas em psicologuês falando que eu sou autista, superdotado e estou doente com depressão severa. E eu me perguntando o que poderia piorar nessa pandemia. Tanto sentimento contraditório... Alívio com a descoberta, revolta por ter vivido mais de quarenta anos com um peso que eu podia ver, mas não sabia nomear, aceitação de que realmente não vou me adaptar nesse mundo.

Eu fui atrás de um diagnóstico TEA e ganhei mais dois: sou superdotado e estou numa depressão severa. Um tal de Inventário Beck me pontuou com ansiedade moderada também. Numa outra escala de 0 a 50 eu tirei 41, onde acima até 16 é neurotípico e de 32 significa autista. Tive minha personalidade avaliada em diversas escalas, e obtive pontuações mínimas em "nível de comunicação", "altivez", "dinamismo-assertividade", "interações sociais" e "introversão". De todas as palavras no gráfico, a que tinha maior nota era "depressão". O laudo parecia um mapa astral, com tanta informação assertiva sobre mim, como, por exemplo, eu preferir ficar sozinho ou em pequenos grupos. Ainda está oficializado o diagnóstico de Altas Habilidades com meu QI medido em 136 e a indicação de que ele me salvou de ter maiores problemas com o autismo.

Achei interessante também um sistema de cores de sinais de trânsito indicando o que tenho que melhorar. "Inteligência", "cognição numérica" e "velocidade de processamento" estão bem. As estratégias de resolução de problemas estão em laranja. Em vermelho, significando necessidade de trabalho urgente, estão "humor", "ansiedade", "rigidez cognitiva", "interesses como hiperfoco", "destreza motora fina" e "manejo de frustração". Fico imaginando como o resto do Brasil está manejando sua frustração em ter um presidente fascista durante a pior pandemia do século. Ou se esse meu sentimento é minoritário, e hoje há 58 milhões de eleitores felizes com a maneira como Bolsonaro está conduzindo a pandemia no Brasil.

Estou com dificuldades em nomear meus sentimentos neste momento. Junta-se um alívio de se conhecer de verdade com uma alegria de ter encontrado o agrupamento ao qual eu pertenço. Mas também tem a revolta de só tomar conhecimento disso depois de velho. Como teria sido minha vida se eu soubesse dessa informação antes? Eu não teria insistido em tantas coisas que eu achava estranhas e eu não tinha afinidade alguma, mas forçava "porque todo mundo fazia".

E a cabeça segue doendo. A boca com gosto de pano de chão de boteco. Ontem repeti o que faço sempre que a realidade me paralisa com informações novas que eu não consigo processar: beber. Ajo assim desde os treze anos e tudo indica que álcool é uma muleta que eu uso para melhorar minha interação social. O objetivo do porre era sedimentar a ideia de que faz parte da natureza do meu cérebro atípico ter dificuldades com pessoas. Independentemente do meu estado alcoólico.

Desde ontem de manhã passa um filme na minha cabeça com as vezes em que fui estranho na vida. As brincadeiras sozinho no quintal da minha tia, onde minha imaginação e uma bola eram capazes de me entreter a tarde toda. Eu saindo com meus colegas na adolescência, eles beijando na boca e eu sem saber o que falar para uma menina. A escolha por Ciência da Computação na época do vestibular. Os churrascos na faculdade em que eu gostava das pessoas, mas ficava com o coração apertado na hora que juntava muita gente. Minhas notas boas sem muito esforço ao longo de toda vida acadêmica. Todas as esquisitices de comportamento, sentimento e comunicação. Parece que a vida deu um *reset*, e estou tentando processar a quantidade de informações que pipocam no meu cérebro.

28 de setembro de 2020

Mandei um zap pra Lud hoje cedo pedindo um atendimento de emergência porque estou sem chão com o laudo. Ela conseguiu um horário para mim no fim da manhã. Eu desabei a chorar logo que a câmera se abriu no início da consulta. Falei sobre a infinidade de sentimentos que não estava conseguindo gerenciar. Enviei cedo e-mail para dois clientes cancelando as reuniões de hoje. Hoje não consegui nem ver a Juju!

Eu sinto ódio pela vida ter sido tão caprichosa comigo e ter me presenteado com uma mutação genética que me torna um portador de uma deficiência invisível. Por fora sou um brasileiro típico: moreno, cabelos curtos, 1,78m, barriguinha de chopp, óculos, calça jeans e camisa polo. Por dentro eu tenho imensas dificuldades para ser o que todo mundo cobra de mim. Eu li tanto e vi tantos vídeos na internet nesse fim de semana! Minha vida toda agora faz sentido. E por que só agora, com 43 anos? Entendi por que eu fico tão cansado quando vou em ambientes triviais para outras pessoas, como um churrasco de confraternização profissional ou um *shopping*. A overdose de estímulos sensoriais ou interações sociais prejudica todo autista, e esse fato justifica uns cansaços esquisitos que sempre senti e que os outros classificavam de preguiça. Chama ressaca social.

Meu cérebro tem dificuldades de ordenação e só processa uma linha de programação por vez, como todo bom programa. Por isso eu me atraso tanto. Se estou realizando uma atividade e tenho que mudar meu foco, eu me esqueço do que estava fazendo. Parece que é traço comum nos autistas. Infância repleta de brincadeiras sozinho, notas boas e medos bobos agora fazem sentido. A instabilidade emocional que sinto também. A depressão que me acompanha desde a época da faculdade, idem.

Lud ouviu tudo muito atenta e seu olhar demonstrava uma mudança de comportamento. Ela parecia estar com um profundo sentimento de empatia comigo, para além do acolhimento profissional. Disse que pesquisou com uma colega especialista para entender vários dos meus comportamentos, mas a questão vai muito além disso. Meu cérebro é organicamente diferente do cérebro de mais de 90% das pessoas. As crises que eu estranho tanto são como se alguém pegasse uma caneca cheia de hormônios e despejasse sobre meu cérebro. Por isso que eu tenho tanto controle até certo ponto, mas perco totalmente a razão quando minha paciência acaba. Os autistas são assim: 8 ou 80.

Eu falei e chorei initerruptamente por mais de uma hora.

Ao fim da sessão, veio também o vazio de que saber disso agora, em 2020, não muda em nada tudo que passei.

E nem responde à pergunta do que isso muda realmente na minha vida. É idiotice pensar que o mundo será mais paciente com meus atrasos ou me entenderá melhor. Principalmente no país de Bolsonaro, onde Direitos Humanos básicos de 1948 são questionados.

Alguém terá empatia por um deficiente invisível? Se nem a psicóloga que fez a avaliação teve na hora da entrega do laudo...

Tô precisando diluir essas perguntas com álcool!

1 de outubro de 2020

Hoje tive uma das sessões mais importantes com Ludmila.

Estou atordoado pelo laudo. Ela disse que é assim mesmo. Contou que está tendo a monitoria de uma colega psicóloga especializada em autismo, com quem discute meu caso desde que percebeu meus primeiros sinais de TEA. O tempo para aceitação íntima do laudo varia de um a dois anos e é marcado por uma relação de amor e ódio com a descoberta. Acho que hoje foi a sessão em que Lud mais falou.

Fui informado que muitos autistas ficam sem chão por várias semanas quando são confrontados com a verdade.

O turbilhão de sentimentos que estou agora é normal. Acontece com todo mundo que recebe a confirmação do autismo quando é adulto.

Alívio de me entender. Dor de ter sido diferente a vida toda e só agora visualizar o real motivo.

Raiva pelo tempo perdido sem saber quem eu era. Empolgação em iniciar uma nova vida sabendo da sua real essência. Ódio pela apatia das pessoas à volta que não percebem o que está acontecendo realmente na sua vida. Frustração pela comparação a vida inteira com pessoas neurotípicas.

Dor, choro, risada.

Lud comentou no fim da sessão que seria interessante eu pensar na possibilidade de fazer terapia com um profissional especializado em TEA. Fiquei de pensar a respeito, mas disse claramente que não queria interromper meu tratamento com ela. Para finalizar, falei que agora que eu tenho certeza de que sou um ET quero escolher com quais terráqueos quero conviver, e não abria mão dela pelo histórico nosso. Lud sorriu e falou que vamos pensar em formas de conciliar o tratamento e meu desejo. A ver.

2 de outubro de 2020

De manhã fui à primeira consulta com uma psiquiatra, conforme a recomendação do laudo.

Catastrófica.

Cheguei no Lifecenter e passei por todos os controles de Covid.

Entrei no consultório, carteirinha de convênio para secretária, espera, até que cheguei em frente à médica para começar a consulta. O diálogo foi surreal.

— Nome.

— José Roberto dos Santos.

— Data de nascimento.

— 29 de agosto de 1977.

— Profissão.

— Sou cientista da computação. Trabalho com programação.

— O que te traz aqui?

— Doutora, passei pelo término de um casamento no início de maio e comecei a fazer terapia com uma psicóloga. Ela percebeu alguns comportamentos atípicos em mim e recomendou uma avaliação neuropsicológica. Eu fui atrás de uma resposta e ganhei três: sou autista, tenho Altas Habilidades e estou com depressão severa. O laudo me recomendou acompanhamento com psiquiatra e por isso estou aqui.

Enquanto eu falava a médica foi mudando as expressões dos olhos. Parecia que eu mudei de paciente para fantasma. Ela me falou com toda a educação:

— Você precisa procurar um psiquiatra especializado em TEA. Eu não posso te atender. Sinto muito, não é falta de vontade. É por não ter conhecimento técnico mesmo. Não vou cobrar essa consulta, porque não posso te auxiliar no meu consultório.

Foi a consulta médica mais rápida da minha vida. Cinco minutos depois eu estava no passeio da Avenida do Contorno imaginando que coisa é essa que eu tenho que uma psiquiatra se assusta tanto e se recusa a me tratar.

Liguei para a Unimed e não obtive nenhuma indicação de um psiquiatra especialista em autismo. Consegui marcar para quinta que vem outra consulta com uma médica que tinha vaga. A atendente me informou que desde o início da pandemia a demanda por atendimentos psiquiátricos subiu pra caralho.

8 de outubro de 2020

Não bastam a pandemia, o Bolsonaro e meus clientes que não sabem o que querem da vida. Hoje o Cruzeiro me perde por dois a um para o Sampaio Corrêa em pleno Mineirão. Jogo horroroso, não sei onde o Ney Franco está com a cabeça para entrar com essa escalação.

Será que deixar de ser autônomo e procurar um emprego é uma boa estratégia profissional agora? O laudo está tão recente, mas parece que a confirmação do autismo só me deixou mais convicto das coisas que sempre fiz e os outros acharam estranhas. Esquisito para mim é viver fingindo como meus colegas fazem. Sou formado em Ciência da Computação pela UFMG e tenho bom domínio de uma língua estrangeira. Agora percebo que minha aptidão para ler e escrever em inglês contrasta com minha inabilidade para falar também pelo TEA. É que eu também tenho dificuldade para verbalizar o que sinto em português. Vou procurar um consultor em RH nos próximos dias. Minha condição de autista também me coloca no grupo de PCDs. Será que isso vai fazer bem para minha carreira profissional?

9 de outubro de 2020

Hoje tive a certeza de que o tal do autismo é sério, seja lá o que ele signifique. Fui em mais uma psiquiatra e depois da anamnese eu falei que era autista, tinha AH e estava deprimido. Entreguei meu laudo impresso que me foi devolvido três minutos depois. A médica passou os olhos nele para dizer que não tinha conhecimento técnico para tratar do TEA, mas que se dispunha a me ajudar no tratamento da depressão se eu quisesse. A consulta foi algumas perguntas sobre meus hábitos de vida com censura por eu beber muito e estar sedentário. No fim a psiquiatra determinou que iríamos experimentar uma classe de remédios que ela acredita que pode me ajudar a manejar a depressão e me pediu para marcar uma nova consulta com a secretária em um mês. Desta vez eu saí na Avenida do Contorno com uma receita controlada de um antidepressivo. Tá evoluindo.

13 de outubro de 2020

Hoje foi um dia estranho. Última sessão com Lud. Ela me passou oficialmente para um psicólogo chamado Luiz, especialista em TEA pela UFMG.

Disse que pesquisou um nome que combinasse comigo e conversou com meu novo terapeuta para informar algumas particularidades que ela conhece de mim pelo tratamento.

Fiquei feliz porque estou cumprindo algo recomendado no laudo e iniciando uma fase nova que pode me ajudar a vencer a depressão. Cansei de ficar triste. Ainda não sei o que fazer com o laudo. Talvez, uma terapia nova pode ser uma boa resposta. Luiz já está esperando meu contato.

Ao mesmo tempo estou um pouco triste por deixar de encontrar com a Lud, pelo tanto que ela me ajudou desde maio. Impressionante o que conquistei só em cinco meses de terapia com ela. Eu não enxergava alguns traços de autismo que pareciam gritar. Ninguém nunca reparou nisso. Nenhum médico com quem me consultei ao longo desses anos.

Lud me disse na despedida que gostava muito de mim e o consultório dela continuava sempre aberto.

Deu vontade de perguntar pra ela se a gente não podia sair para tomar um vinho, agora que não temos mais a relação de consultório. Acho que foi o único momento do dia em que sorri, no fim da sessão.

14 de outubro de 2020

Tô com a sensação que hoje começou um momento bom na minha vida. Comecei uma terapia totalmente nova, com alguém que parece que leu meu manual de instruções.

Luiz começou se apresentando. Graduação em Psicologia e Especialização em TEA, ambos pela UFMG. Ele leu antes da sessão as dezesseis páginas do meu laudo e conversamos bastante sobre autismo, apesar de ele dizer que estava mais preocupado inicialmente com o manejo da depressão. A ideia é que eu nasci e vou morrer autista, é uma condição morfológica do meu cérebro. Mas a depressão é uma doença e o meu laudo aponta que ela está em estágio severo, e há uma incidência imensa desse "mal do século" sobre a população autista adulta. Algumas pesquisas apontam que o nível de incidência de suicídio entre TEAs pode ser dez vezes maior que entre neurotípicos.

Luiz disse que a terapia era algo muito importante para os autistas e me sugeriu continuar com outro psicólogo com experiência com TEAs adultos se nós não déssemos certo na terapia.

No resto da sessão repeti parte das informações sobre minha vida que já havia falado na anamnese para minha avaliação neuropsicológica. O desconforto psicológico há vários anos. O contexto familiar conturbado. Os sintomas depressivos. A angústia com o cenário político neofascista brasileiro. A piora da ansiedade e depressão nos últimos meses de pandemia. O senso de não pertencimento ao mundo. A agitação e inquietude da mente. As dificuldades de dormir, incluindo bruxismo e sudorese noturna. A fotofobia desde a adolescência. As crises tentando controlar as emoções amplificadas. O atraso na fala na infância. O histórico de ser chamado de tolo por toda a família materna. As limitações motoras. As esquisitices de comportamento. A sinceridade extrema que chocava a ex-esposa. A facilidade para aprender e programar. O excelente desempenho acadêmico.

A primeira sessão com Luiz durou uma hora e meia. A sensação foi maravilhosa. Alguém realmente me compreende!

21 de outubro de 2020

Hoje tive a segunda consulta com o Luiz e estou maravilhado em conversar com alguém que realmente entende de TEA. A conversa fluiu e enfim alguém relacionou os motivos de eu estar deprimido com a química do meu cérebro. Falamos em episódios de tristeza profunda e tive várias lembranças dos corredores da faculdade. Citei alguns fatos recentes desde a eleição do Bozo em 2018 e Luiz me explicou que autistas e superdotados têm em geral mais empatia à coletividade do que a maioria dos neurotípicos. Diferenças anatômicas, qualidade de sinapse e química cerebral explicam muitas posições políticas. Simples assim.

Eu não vi a sessão passar. Mas hoje comecei a sentir algo que não percebia em meu coração há muito tempo: esperança.

Ao mesmo tempo que estou odiando o laudo que me confirmou autista, eu o amo por me mostrar que está tudo bem ser como sou. Eu não tinha achado minha turma ainda.

Pedi ao Luiz referências de livros confiáveis sobre autismo. Ele ficou de levar na próxima sessão.

22 de outubro de 2020

O idiota do presidente hoje desautorizou o general Sinistro da Saúde. É inacreditável. Anteontem o Pazuello anunciou a compra de quarenta e seis milhões de doses da CoronaVac. Ontem o genocida mandou cancelar o protocolo com o Instituto Butantan, avisando que não haverá compra da vacina da China. E as pessoas querem que eu não fique deprimido! Estamos atravessando a pior pandemia em cem anos. O Brasil é um dos poucos países que podem ter um centro de pesquisa como o Butantan, com tanta experiência para fabricar a vacina que salvará milhares de vidas e colocará a economia do país para andar. O que o Bozo faz? Vai lá e manda cancelar a compra!! É surreal!! Por motivos políticos!!! E ninguém faz nada, e ninguém fala nada!!! Poderes Legislativo e Judiciário calados, olhando o circo pegar fogo e a população morrer. E o que o general da saúde fala hoje? "É simples assim: um manda, outro obedece." Bem que o genocida avisou que a especialidade dos militares é matar. É isso que eles estudam na Academia Militar das Agulhas Negras.

Enquanto isso tenho que lidar com uma informação que eu ainda não sei nem se entendi direito: eu sou autista e superdotado. Mas e daí? Isso anulará todo o efeito nefasto que viver como ET nesse mundo hostil fez na minha vida? Eu vou seguir na terapia para quê? Para falar do óbvio que agora se descortinou para mim de que não sou apto para viver? Descobri que sou uma mutação genética do *Homo sapiens*. E daí? Meus boletos não pararam de chegar e parece que nem meus amigos mais próximos entenderam direito o que isso significa.

Minha vida segue a tragédia. Consegui sair com uma mulher maravilhosa ontem, apesar da pandemia. Ela tem a pele cheirosa, toda tatuada, boca maravilhosa para beijar e chupar. Para completar a capeta é inteligente. Mas estou com um pressentimento ruim. Isabella parece que só quer sexo e adora um barraco. Ontem eu li que autistas não gostam de surpresas emocionais e que têm seus sentimentos amplificados. E se ela for alguém que gosta de manipular e jogar? Quando eu vou perceber o que é realmente verdade ou só diversão de ver o outro se fodendo? Tenho refletido muito sobre o que as pessoas aprendem nos seus relacionamentos, nas famílias de origem e o que levam mundo afora, junto com a lavagem cerebral coletiva que recebemos do amor romântico. Acho que minhas chances de relacionamento serão cada vez mais restritas. Autistas têm dificuldades de perceber acordos tácitos e pessoas venenosas. Ao mesmo tempo parece que ninguém gosta de comunicação franca e aberta. Creio que Isabella é daquele tipo de mulher que ficará remoendo algo profundamente ao invés de falar o que a está incomodando.

O mundo é tão competitivo e tão pouco adulto... Parece que os humanos se nutrem de estresse emocional. Estão com as vidas tão apáticas e bagunçadas pela pandemia que não percebem quando estão na ofensiva. Parece que Bolsonaro ganhou mesmo. Tudo nesse país se resolve na porrada. O diálogo perdeu espaço e não há indicação de que voltará num futuro próximo. É cada um por si, até mesmo nas pessoas sensíveis de esquerda.

30 de outubro de 2020

Meu sextou hoje está sendo com uma garrafa de *whisky* e o livro que o Luiz me recomendou na sessão de quarta: *Síndrome de Asperger e Outros Transtornos do Espectro do Autismo de Alto Funcionamento*. O organizador se chama Walter Camargos Jr., e é um psiquiatra especialista em TEA. Luiz me esclareceu o título refere-se à nomenclatura antiga para autistas com Altas Habilidades, e que o termo foi substituído porque Hans Asperger era um médico austríaco que mandava crianças para o programa nazista de eutanásia.

Acabei de ler o capítulo sobre sexualidade e parecia minha biografia. Senti uns apertos no coração quando revisava vários comportamentos meus ao longo da vida escritos num livro que é referência no mundo acadêmico para estudar pessoas com as mesmas mutações genéticas que eu tenho. Um ponto-chave em relacionamento, sexual ou não: autista com AH tem mais dificuldades para ler o comportamento alheio. Essa leitura equivocada faz com que nós vejamos a realidade do parceiro de forma distinta da imensa maioria das pessoas. Junto a isso também a dificuldade em nomear e comunicar ao outro nossas faltas. Basicamente temos um *hardware* que roda outros sistemas relacionados com sentimentos e interlocução.

A hipersinceridade é nomeada como um grande fator de briga, e citam um tal de Stanford que diz que romance e honestidade podem ser contraproducentes. Eu soltei uma gargalhada nervosa quando li isso. Depois lembrei de uma ex com quem estava saindo antes de reatar com Eduarda. Quando eu fui falar com ela que havia voltado para uma ex-namorada com quem já tinha uma história longa e por isso ia interromper nossa relação de três meses, a moça me acusou de ser frio. E eu estava tentando só falar a verdade e explicar por que eu iria me afastar. Ainda há sintomas secundários que incluem autoimagem corporal negativa, depressão e ansiedade. Prazer, Santos. Sou eu mesmo. Dei um suspiro profundo lembrando que tenho certeza de que sou feio e meu corpo é inadequado para os padrões sociais. E eu não posso fazer nada a respeito disso, nem comigo e nem com a sociedade.

O livro é tão genial que menciona a hipótese de se fazer a iniciação sexual com um garoto ou garota de programa sob a supervisão do profissional da área da saúde que irá orientar a família, o paciente e o profissional do sexo sobre as condutas e limites a serem adotados, pensando numa iniciação saudável para quem é autista. Fora isso, informa que a turma da AH é bem bissexual (14% dos indivíduos contra 7,7% do grupo controle) e vê prazer não necessariamente na penetração. Acho que isso explica minha preferência por sexo oral.

O capítulo ainda trata do fator genético com uma pergunta que está explodindo minha cabeça: eu quero ter mais filhos sabendo que as pesquisas científicas apontam que a origem do autismo é mais que 90% genética? Vou procurar um urologista para fazer uma vasectomia urgente. Minha ansiedade não gostou do pensamento de ficar sei lá quanto tempo para descobrir se um outro filho será neurotípico ou precisará de sei lá quantas terapias para ter uma vida independente.

Outro pensamento recorrente: "e se Juju tiver TEA também?". Eu fico imaginando o que minha filhinha não pode passar de preconceito nessa sociedade absolutamente retrógrada e hipócrita que é BH. Eduarda estudou no Santo Agostinho e diz que quer colocar a Juju lá. Fico imaginando se a Juju for autista e não se encaixar no padrão "aluno do Santo Agostinho" que a classe média de BH quer para os filhos. Ela vai pastar se for pra lá... Eu não vou deixar nem fodendo! Fora que os pais desses colégios católicos de BH são tudo bolsominion. Não quero essa influência pra Juju!

Só sei que agora tenho que estudar essa tal de Teoria da Mente para entender melhor os humanos que correspondem a 99% da população, que não são autistas com Altas Habilidades, como eu sou. Tem que rir e beber para não chorar!

4 de novembro de 2020

Hoje eu descobri a diferença entre fazer tratamento com um psicólogo com e sem especialização em TEA. Exploramos várias faces do autismo na sessão hoje. Refletimos muito na palavra "espectro", que já aponta uma variação muito grande em características pessoais de autistas dentro de um universo de indivíduos que são diagnosticados como TEA. Luiz me explicou sobre as minhas explosões de raiva que comecei a externar quando fiquei adulto. "É como se alguém jogasse uma caneca cheia de hormônio dentro do seu cérebro de uma vez". O que fazer quando isso acontecer? "Respirar fundo, tomar consciência do momento, pensar que todo problema pode ser resolvido, tentar conversar ou se afastar. Buscar comportamentos que não prejudiquem nem a você e nem as relações pessoais ou profissionais com outras pessoas".

Conversamos muito também sobre a necessidade de isolamento e silêncio. Está mais que explicada minha preferência por lugares calmos, praias desertas, cachoeiras difíceis de chegar e museus silenciosos. Foi bom para me tirar a culpa da irritação que fico quando Juju começa a cantar alto e tentar balbuciar palavras perto de mim. Tenho uma audição de cachorro e muitos estímulos no ouvido podem cansar também.

Até minha falta de paciência com relacionamentos e empregos pode ser explicada, não como um problema, mas como um comportamento muito comum em autistas. Temos menos aceitação para alguns tipos de situações e normas sociais que os neurotípicos acham extremamente normais.

O melhor de tudo foi o quanto Luiz me explicou que isso é uma característica por si, e não é necessariamente boa ou ruim. Aprendi que a mesma singularidade do meu cérebro que dificulta o fechamento de gavetas quando Juju me pede leite é responsável pela minha profunda concentração nos aplicativos que tenho que programar. Disse ainda que no Vale do Silício, provavelmente, a maioria das pessoas que trabalham em empresas de tecnologia gigantes como Google e Apple é autista.

Fechamos a sessão rindo. Brinquei que daqui a dezesseis anos vou me mudar para a Califórnia, quando a Juju já estiver encaminhada. Luiz respondeu que estava feliz em me ver fazendo planos de longo prazo.

10 de novembro de 2020

Bozo hoje disse que o Brasil tem que deixar de ser um "país de maricas" e enfrentar a pandemia de peito aberto. Parece um pesadelo sem fim. Não basta o flagelo da Covid-19 ter matado 162 mil brasileiros. Tem que ficar aguentando esse inominável fazer tudo possível pela disseminação do vírus e ainda fazer terrorismo psicológico com um país fragilizado e doente. Impressionante a vontade do genocida em piorar uma situação que por si só já é muito trágica.

11 de novembro de 2020

Hoje a sessão com o Luiz foi mais tensa. Comecei contando para ele que ontem aproveitei que Juju estava com a mãe excepcionalmente numa terça-feira e fiz um *happy hour* particular aproveitando o "fica em casa" da pandemia. Matei quase uma garrafa de *whisky*, petisquei amendoim e queijo e li mais um capítulo do livro do Walter Camargos Jr. que ele me recomendou.

Mais uma vez o texto citava várias situações que vivenciei na minha vida profissional, desde a impaciência para confraternizações com colegas de trabalho até minha falta de aptidão para trabalhar longos tempos para um empregador. É genial a parte que fala que, para além da legislação avançada que inclui proteção de PCDs, TEAs e Cotas, a realidade precisa da construção de um novo paradigma na sociedade, para desfazer a imagem da pessoa com deficiência como alguém incapaz, oneroso e improdutivo. Quando falei da parte das organizações que só contratam PCDs para cumprir as leis da inclusão, Luiz me contou de um paciente dele que é autista e gerente numa empresa de engenharia. Essa firma está procurando há meses uma pessoa com deficiência para assistente administrativo, mas não quer contratá-lo como PCD por ser uma mão de obra cara. Como várias outras situações no Brasil, a situação dos trabalhadores com TEA no país está cheia de direitos de inclusão na teoria e vários casos corriqueiros de discriminação na prática.

No mais, várias informações que eu parecia já saber pela vivência. Autistas não irão prosperar em todas as carreiras e podem ter problemas com vendas, por exemplo, onde há muitas interações pessoais. Tem caso de TEA que não conseguia usar gravata (eu), tinha que tirar o sapato no dia de trabalho (eu de novo), ou passou vinte anos pulando de emprego em emprego (eu três vezes). Um cara de Salvador passou num concurso e foi demitido porque fazia sua função rápido e cochilava no trabalho, enquanto os colegas neurotípicos executavam o trabalho devagar e perdiam tempo tomando cafezinho, conversando sobre novela, ou futebol, ou a vida alheia. Queria que ele fizesse um curso de programação para trabalhar comigo.

Dificuldades de iniciar uma conversa, manter diálogos sobre assuntos que não são do interesse, não gostar de contato físico com estranhos: tudo lá. Junto com a facilidade para aprender várias aptidões que são do meu interesse: leitura, boa memória, desenho, Matemática, raciocínio lógico, História, Informática e Línguas. No fim do capítulo tem uma informação de ouro: a questão não é só política para integrar na admissão, mas contribuir para a estabilidade laboral dos autistas.

Luiz ouviu atento a todas as minhas reclamações sobre como sofri no mercado de trabalho desde a faculdade por ser autista e não saber disso. Quando faltava dez minutos para a sessão acabar, ele me interrompeu e perguntou na lata se eu não achava que estava bebendo muito, em quantidade e frequência. Fiquei puto na hora, pois não acho que é função de psicólogo questionar hábito meu. Eu tentei falar de forma pacífica que o Brasil me obrigava a beber e que vou tirar um período de vários meses sem álcool quando Bozo sair do poder. Ele me perguntou se meu fígado iria aguentar até lá no ritmo que eu estava. Aí que eu emputeci de vez. Dei uns gritos falando com ele que aquilo era problema meu e que beber não estava me tirando a funcionalidade de nenhum dos meus papéis importantes. Eu seguia ganhando dinheiro e sendo pai. Foda-se o resto. Viver a pandemia no Brasil tendo que escutar o que o asno do presidente fala todo dia não é fácil. Quando terminei, Luiz estava com o rosto impassível pedindo a vez para falar. Respirei fundo e ele foi direto:

"Primeiro você está me demonstrando mais uma vez que suas crises provocadas pelo autismo estão indo além da convenção social. Por favor, gostaria que você se dirigisse a mim sem gritos. Não estou querendo que você reprima suas emoções aqui, mas eu dispenso agressividade, para que sigamos com uma relação psicólogo-paciente saudável. Em segundo lugar: se eu estivesse errado você estaria tão nervoso? Eu apenas estou relatando que a maioria das vezes que você vem me contar que leu alguma coisa ou fez algo fora do horário de trabalho há bebida no meio. Na maioria das vezes destilados. Isso está fazendo bem de verdade para o seu manejo da depressão? Com essa frequência? Nessa quantidade diária?"

Ele arrematou dizendo que nosso tempo acabou e que na quarta que vem retomaremos os temas alcoolismo e inserção de autistas no mercado de trabalho, ainda, terminou a sessão me perguntando se entender quem eu realmente sou não poderia me fazer beber menos. Eu apertei o botão vermelho para encerrar a videochamada sem saber se agradecia o Luiz ou o mandava à merda.

16 de novembro de 2020

Eu odeio reunião presencial com todas as minhas forças. O idiota do cliente me chamou para ficar uma hora falando um monte de futilidade pessoalmente, sendo que uma chamada de quinze minutos tiraria todas as dúvidas do programa com um pouco de boa vontade. Fora ficar usando máscara o tempo todo, coisa que eu faço, diferente do presidente.

Ainda teve o trânsito na volta. Fiquei ouvindo Talking Heads e esperando.

"Home, is where I want to be
But I guess I'm already there
I come home, she lifted up her wings
Guess that this must be the place
I can't tell one from another"

Quarenta minutos na Avenida do Contorno, às seis da tarde, pra acabar de foder minha segunda-feira.

"I'm just an animal looking for a home
Share the same space for a minute or two
And you love me till my heart stops
Love me till I'm dead"

Nem com a pandemia as pessoas não aprendem o valor do trabalho remoto. A economia de tempo e dinheiro que ele traz para todo mundo... Preguiça do Brasil... Ô lugar atrasado...

28 de novembro de 2020
Hoje tirei o dia para ficar no Instagram procurando informação útil sobre autismo em adultos. Luiz me contou que há muitos TEAs divulgando informação científica de qualidade, e é verdade. Separei aqui os melhores perfis que comecei a seguir, para voltar depois com calma.

@autismocomleveza
@lucas_atipico
@marciagraffaria
@viagematipica
@direitoeinclusao
@ana.telier
@meubebeeoautismo
@comportamentoediversidade
@advogadodosautistas

5 de dezembro de 2020

Hoje aproveitei o sábado para iniciar um livro excelente que Luiz me indicou: *O cérebro autista*. Muita informação boa junta. Temple Grandin é uma autista pioneira no sentido de ter nascido em 1947 e ter sido precocemente diagnosticada. Com isso, se submeteu a diversos estudos cerebrais precursores e se dispõe a compartilhar generosamente o muito que sabe.

O primeiro capítulo traz muitas informações históricas, sobre o primeiro diagnóstico de autismo ser de 1943, quando um médico da Universidade Johns Hopkins chamado Leo Kanner o propôs num artigo chamado Distúrbios Autísticos do Contato Afetivo, que apresentava estudos de casos de onze crianças que compartilhavam um conjunto de sintomas (necessidades de solidão e uniformidade e estar num mundo que nunca varia). Desde o início,

Kanner identificou origens tanto biológicas quanto psicológicas para esse comportamento.

A leitura do livro é deliciosa e tem um histórico de sintomas em que eu parecia me identificar o tempo todo. Crianças que desconhecem regras sociais, e por isso, são julgadas "rudes". Pessoas que se comportam de um modo psiquicamente isolado. Comportamentos diferentes desde o início da infância. Pensamentos por imagens. Memória de curto prazo ruim. Déficits de desenvolvimento de linguagem. Padrões peculiares de fala. Pouca capacidade de fazer amigos. Movimentos desajeitados. Conversar sem parar sobre assuntos favoritos (como dinossauros, matemática, história ou política).

O capítulo inicial explica bem a suposta "pandemia de autismo" que muita gente fala sem saber. O que acontece realmente é um aumento no número de diagnósticos e evoluções destes.

Receber um diagnóstico de autismo na idade adulta é uma situação no mínimo inusitada. É como achar uma chave mestra que desvenda todas as minhas esquisitices de uma vez, até aquelas da infância que eu já havia esquecido. É ótimo me conhecer e saber que tudo que fui rotulado é uma condição cerebral especial que acontece em menos de dois porcento da população. Essa é a parte boa.

A ruim é perceber que o mundo está cagando para você e não vai mudar um milímetro as atitudes dele por você ter uma deficiência invisível.

12 de dezembro de 2020

Hoje tirei o dia para beber vinho e ler. Que delícia o livro da Temple Grandin! Ler *O Cérebro Autista* está me fazendo reconhecer em vários aspectos. Acho que a sensação do laudo se compara a se sentir o patinho feio a vida toda, e de repente você descobre a Sociedade Secreta dos Patinhos Feios, com várias informações que no fim fazem você se sentir um pato de novo. Com um cérebro bem diferente...

O capítulo "Olhar para além dos rótulos" mostra informações científicas que nosso cerebelo (parte do cérebro responsável pela coordenação motora) é menor que o normal, o que explica todas as minhas topadas nos dedos, cabeça e ombros. Aprendi também que o corpo caloso (coleção de cabos neurais que conectam hemisférios direito e esquerdo do cérebro) dos autistas é maior. A autora explica como o pensamento preso a rótulos limitantes pode prejudicar o tratamento dos sintomas de quem tem autismo, além de fazer uma revisão histórica sobre o diagnóstico. Acho sensacional essa ideia de poder explorar cada vez mais um cérebro individualmente, e não considerando que todos são iguais.

17 de dezembro de 2020

Quando você pensa que o idiota do presidente já falou todas as burrices possíveis para ajudar a propagar o vírus da Covid-19, ele se supera! Hoje

Bozo disse que "se tomar vacina e virar jacaré" não é problema dele. A frase foi uma justificativa para o atraso para comprar vacinas. Minha cabeça entra em *loop* imaginando a quantidade de gente que ainda vai se contaminar com essa merda e transmitir a doença simplesmente porque o presidente do Brasil quer que isso aconteça e não tem ninguém nos poderes Judiciário ou Legislativo para pará-lo. Ele quer e pronto! E quem percebe essa falta de civilidade em tudo que se foda também!

19 de dezembro de 2020

Mais um sábado com Temple Grandin e malbec! Amei o nome do capítulo! "Conhecer seus pontos fortes". Cita uma pesquisa conduzida por uma médica (autista) que mostra que TEAs têm conexões diferentes cerebrais, que por si não são necessariamente boas ou ruins. Apenas diferentes. Menciona também dois exames de inteligência em que uma mesma amostra de autistas é classificada como "de baixo funcionamento" em 33% num teste e 5% no outro. A diferença entre os dois: verbalização de comandos.

A afirmativa central do texto: "e se pudermos reconhecer, de modo realista e caso a caso, os pontos fortes de um indivíduo, podemos determinar melhor seu futuro". Eu abri um sorriso e pensei que se Juju tiver herdado isso de mim geneticamente, ela terá possibilidades de vida bem melhores do que eu tive. Isso basta a um pai.

O capítulo é ótimo para explicar as particularidades de pensamentos autistas, principalmente em reparar detalhes. Acho que somos ótimos inspetores de qualidade. Fora o processamento de dados, memória e pensamento criativo... Que livro do caralho!!!!!!

Parte III

ROMANCE

21 de dezembro de 2020

Ontem foi a realização de um sonho! Se eu acreditasse ou gostasse de Natal, eu diria que foi meu presente. Eu quase caí para trás com a mensagem que recebi hoje cedo da Lud.

"Agora que já não temos mais a relação psicóloga e paciente, e que você está feliz com a nova terapeuta especializada em TEA que o laudo indicou, eu posso te convidar para tomar um café comigo?"

Chegamos juntos pontualmente às 15h e a conversa foi a melhor possível. Eu tentando mascarar minha ansiedade com um sorriso, escondendo o coração quase saindo pela boca. O melhor encontro que poderia passar pela minha imaginação fértil estava começando. No ar o cheiro de café que eu tanto amo, junto com o barulho de vapor saindo da máquina italiana. Ela foi vestida com uma calça justa e uma bata indiana solta, com decote generoso. Quando se movimentava deixava mostrar parte dos seios, que estavam livres do sutiã. A blusa deixava transparecer tatuagens que eu não via com as roupas sérias e fechadas que ela usava no consultório.

Lud começou pedindo que eu não a levasse a mal, mas ela gostaria de ter algo pessoal comigo por vários motivos. Primeiramente porque me achava um gato, o que me deixou surpreso. Eu sou acostumado a me enxergar como alguém feio, desinteressante, sem graça. Para aumentar minha surpresa, ela disse que quanto mais estudava sobre autismo, mais me achava interessante. Falou que nossa terapia a fez me admirar por minha honestidade, empatia e gentileza. Achei engraçado ela falar isso, pois creio que isso deveria ser o básico de todo ser humano.

A conversa continuou com ela me olhando, conversando e sorrindo, até que Lud chegou num ponto que me disse com todas as letras:

"Eu estou muito interessada em você, sentimental e sexualmente falando. O que você acha de a gente ficar junto, sem compromisso, sem forçar nada, e ver o que rola? Você tem interesse também em mim como mulher?"

Meu coração quase saiu na boca, mas antes de pensar eu abri um sorriso enorme e falei que aquilo era um sonho pra mim. A gente ficou ainda se olhando por alguns segundos e depois aconteceu um beijo cinematográfico. Eu não queria acordar daquele sonho que parecia filme: a mulher que eu tanto desejei nos últimos meses me dizendo que estava interessada em mim.

Após mais alguns beijos, pedimos a conta e fomos para a casa dela. Por sorte, sua tia foi para São Paulo, numa operação de guerra montada que exigiu testes e quarentenas de muitos envolvidos. Iríamos ficar a sós.

Ao entrar, vi que o apartamento estava todo preparado para uma eventual noite romântica. Lud me avisou que tinha um cachorro pequeno, mas ciumento e feroz, chamado Caramelo, que atacava todas as pessoas que entravam, mesmo que fossem amigos. A fera é um pequeno vira-lata rajado de marrom e branco com cara de mau. Quando abrimos a porta, ele latiu e me cheirou. Como gosto muito de pets, eu abaixei e passei a mão no pelo, cumprimentando e pedindo licença para entrar na casa dele. Caramelo deu uma latidinha, deitou de costas para o chão e me ofereceu a barriga para coçar, para espanto absoluto da Lud. Eu fiquei fazendo carinho nele e viramos amigos de cara, enquanto ela me explicava que Caramelo é um cão neurodiverso (o que explica muita coisa). Ele também vive topando pelos móveis.

Menos de cinco minutos depois dessa cena, estávamos na cama. Toda minha safadeza gostou muito daquela mulher. A pele, a boca carnuda, os seios deliciosos, várias tatuagens que só descobri quando ela arrancou a roupa, mas acima de tudo uma mente lasciva no comando de um corpo maravilhoso. Foi uma entrega total dos dois. Os orgasmos foram muito intensos, desses que alinham os chacras e fazem a alma sair do corpo e ficar vagando pelo espaço. De cara, no primeiro encontro.

Para completar o cenário, ela tinha à mão café, vinho, queijos e castanhas. Perdi a noção do tempo entre as vezes que ficamos intercalando trepadas na cama com conversas na mesa.

Vimos o dia de hoje raiar juntos, bebendo café e conversando agarrados sobre política, literatura e nós. A conversa fluía, assim como nossos genitais. Conseguimos adiar alguns compromissos e ficamos até o almoço, para depois voltar ao trabalho cientes que algo importante aconteceu nas nossas vidas. Estou sentindo reciprocidade num relacionamento que acaba de começar, mas promete muito.

25 de dezembro de 2020

Ontem eu e Lud tivemos realmente uma noite feliz no apartamento dela. Ela disse que queria se lembrar dos tempos de Espanha e preparou um Natal andaluz para nós.

Abrimos um vinho e conversamos sobre dança flamenca e a época que ela morou na Espanha. Lud me contou sobre as ruas da Andaluzia, vinhos, casas brancas e música. Típica conversa de Natal que me interessava. Até que a bebida subiu, ela cheirosa, eu com o corpo cheio de tesão...

Resultado: sexo maravilhoso entrecortado com uma conversa contando casos natalinos nas nossas famílias. Ela falando de tanta coisa boa e eu só com recordações de brigas.

Resumindo: melhor Natal da minha vida.

28 de dezembro de 2020

Normalmente não há muito o que se fazer entre o Natal e o Ano Novo, ainda mais nessa época de pandemia. Então Lud e eu resolvemos ir para o motel em plena segunda-feira, já que os pacientes dela e meus clientes estão todos de ressaca das festas ou se preparando para o réveillon.

Chegando na porta, a recepcionista perguntou que quarto queríamos e decidimos pela hidro como forma de recompensa pelo ano de 2020, que ainda estava nos devendo muito.

Entramos no quarto e vimos um sachê em cima da cama. Parecia uma camisinha ou lubrificante, mas era álcool em gel. As noções de sexo com segurança foram atualizadas pela Covid-19.

Tiramos a roupa, levemente influenciados pela ponta que tínhamos fumado no caminho. Começamos a conversar rindo e pelados, enquanto a hidro enchia. O clima mudou quando entramos na banheira e nos tocamos.

Resultado: ficamos nesse circuito de hidro, cama e chuveiro o dia inteiro. Uma segunda-feira para compensar 2020.

1 de janeiro de 2021

Acho que não havia maneira melhor de começar o ano do que a que Lud e eu escolhemos para o réveillon da pandemia. Os hotéis estão todos baratos pela baixa ocupação e conseguimos um preço ótimo num quatro estrelas que organizou uma festa completa, com *all* inclusive de bebida e comida. Senti muita proteção quando ela estava fazendo a reserva da nossa mesa e pediu uma mesa na varanda o mais afastado possível da caixa de som, explicando que sou autista.

O *buffet* estava cheio de queijos, palmito, batatas, mandioca, macarrão sem molho, arroz, ovo, nuggets e coisas brancas e amarelas que adoro comer! Com muita "caipivodka" boa para completar! Lud se fartou de churrasco e champanhe. Estamos felizes por ter esse oásis no meio da pandemia.

A banda também estava genial. Rolou muito samba velho, pop e rock. Até um Talking Heads que eu já amava antes de saber que o David Byrne e eu somos autistas.

> *"And you may find yourself living in a*
> *shotgun shack*
> *And you may find yourself in another part*
> *of the world*
> *And you may find yourself behind the wheel*
> *of a large automobile*
> *And you may find yourself in a beautiful*
> *house, with a beautiful wife*
> *And you may ask yourself, "Well, how did I*
> *get here?"*

Foi tão gostoso dançar agarrado com a Lud. Nunca gostei muito, mas estar no meio de gente depois de tanto tempo foi libertador.

> *"Letting the days go by, let the water*
> *hold me down*
> *Letting the days go by, water flowing*
> *underground*
> *Into the blue again, after the money's gone*

*Once in a lifetime, water flowing
underground"*

A noite esquentou quando Lud disse que já estava bêbada e me querendo. Saímos do restaurante e disparamos o primeiro beijo ainda dentro do elevador. Transamos muito gostoso a noite toda.

Antes de dormir de conchinha, tivemos tempo de um beijinho e o melhor "Feliz Ano Novo" que meus ouvidos já escutaram.

5 de janeiro de 2021

Ainda bem que a Lud tá na minha vida para ajudar a salvar um pouco de sanidade mental e me namorar gostoso.

No meio da pandemia, com quase duzentos mil mortos, o cínico continua falando que a responsabilidade não é dele. Fala que o Brasil está quebrado como se não fosse ele mesmo que tivesse feito isso. Por ele o auxílio durante a pandemia seria de duzentos reais. O Congresso que forçou os seiscentos. Enquanto isso Trump deu mil dólares para cada americano não passar fome e manter a economia na pandemia. Nunca vi alguém tão mesquinho e cagão, que não assume responsabilidade nenhuma. A culpa agora é da imprensa! Segundo ele a "mídia sem caráter" potencializa o vírus.

Até parece que ele não tem responsabilidade nenhuma ao sabotar a compra de vacinas e o uso de máscaras.

E só para foder tudo, a merda do Cruzeiro segue em décimo terceiro da série B após o último jogo do ano. Vamos ver se ganha do Sampaio Correia na sexta...

9 de janeiro de 2021

Ontem foi um dos dias mais gostosos com Lud. Eu fui todos os dias da semana passada na casa dela, aproveitando que a tia vai ficar uns dias ainda em São Paulo. Transamos, bebemos café, ouvimos música, falamos de literatura, demos muita risada e brincamos com Caramelo. Fizemos tanto sexo que meu humor até anda bom. Acho que fiquei com overdose de oxitocina e endorfina. Na hora de eu ir embora Lud me entregou um papel. Eu abri e estava um diploma desses infantis, escrito "Parabéns por ter participado da Colônia de Férias da Tia Lud". Eu dei um berro rindo e depois tirei a roupa dela de novo. Já que as férias estão acabando, há que se aproveitar.

10 de janeiro de 2021

Almoço de domingo para meus pais conhecerem Lud, e vice-versa. Apesar de ser janeiro o dia estava ensolarado, os três se cumprimentaram com abraços e sorrisos. Testes de Covid-19 foram providenciados para a segurança de todos.

Abrimos uma garrafa de cerveja e começamos a comer tira-gosto e conversar. Minha mãe fritava torresmo com mandioca e Lud contava da formação acadêmica em São Paulo. Meu pai abriu uma garrafa de pinga que ele disse ser especial, vinda direto de Buenópolis. Continuamos na cerveja também até o almoço ser servido. Costelinha assada com molho de goiabada e farofa. Todo mundo feliz até a hora da sobremesa.

Foi quando meu pai resolveu falar bem do Bozo. Lud fez cara de paisagem e minha mãe não perdoou.

"Caralho, Rogério, você me prometeu que hoje não ia trazer o nome do genocida pro nosso almoço de domingo."

Os dois começaram a discutir feio.

Lud tomou a iniciativa de falar que não estava bem e precisa ir.

Meu pai agradeceu minha mãe por ter estragado o almoço, sendo que ela está 100% certa em tudo que falou. Eu não entendo quando que meu pai caiu nessa lavagem cerebral do miliciano que controla as Forças Armadas no Brasil.

Me despedi dos dois pedindo para não se matarem na minha ausência.

O resto do dia e início da noite foram muito melhores. Lud e eu ficamos bebendo vinho e vendo as estrelas numa noite de céu limpo e de lua nova.

11 de janeiro de 2021

Hoje houve mais um encontro importante para mim. Juju conheceu Lud. E foi maravilhoso! Infinitamente melhor que a guerra dos meus pais ontem.

De um lado estava minha bonequinha que não para quieta, dá risada o tempo todo e balbucia um monte de coisa rápida.

Do outro, a mulher dos meus sonhos, também nesse ponto com crianças. Lud cresceu numa família com muitas professoras, onde as crianças são muito valorizadas e tratadas com carinho. Ela tem isso no sangue.

As duas se deram maravilhosamente bem. Difícil lembrar um dia tão feliz num passado recente, principalmente quando eu penso nos perrengues de separação, laudo e pandemia de 2020. Mas hoje realmente foi um daqueles momentos que acho que me lembrarei daqui a décadas.

Lud me perguntou se Juju não está com atraso na fala. Eu escutei esse aviso da escola, mas semana passada quando fomos ao pediatra escutamos dele que cada criança tem um tempo para desenvolvimentos motor e de fala.

16 de janeiro de 2021

Ontem sextei direitinho com Lud. Entramos num motel com teto solar e hidromassagem logo após o último paciente dela. A noite foi só conversa boa na banheira, muito sexo oral, saquê gelado, comida japonesa e música. Cada dia fico mais impressionado com nossas sintonias de pele e mente. E tudo cai tão bem depois desse 2020 trancado em casa pela pandemia...

22 de janeiro de 2021

O Brasil está com mais de duzentas e quinze mil mortes por Covid-19, e o *genocidal in chief* do país faz questão de mentir dizendo que a Corona-Vac "não está comprovada cientificamente".

Todo mundo sabe que isso é mentira e ninguém faz nada! A vacina já foi aprovada pela Anvisa!!! Por que os poderes Judiciário e Legislativo deixam Bozo mentir à vontade no meio da pior pandemia em cem anos????

Parece que ele está preocupado em que o máximo de pessoas seja contaminado durante a pandemia! Será que ele é tão idiota e psicopata que quer realmente imunidade de rebanho no Brasil???

24 de janeiro de 2021

Acabei de voltar de um fim de semana excelente com Lud numa pousadinha em Caeté, perto do Caraça. Engraçado como as peças do quebra-cabeça se encaixam quando vou me informando mais sobre autismo. Deitado na rede, eu falei o tanto que gosto de vir para o meio do mato e ficar só escutando passarinhos, sem contato com outras pessoas. Lud riu quando eu falei que adoro viajar para lugares onde celular não pega, para em seguida me explicar que, apesar de autismo ser um espectro, há muita incidência de problemas com socialização, comunicação e hiperaudição. Lembrei o tanto que é tormentoso para mim ir a lugares fechados com muita gente conversando ao mesmo tempo, pela quantidade infernal de estímulos pro meu ouvido de cachorro.

Volto de Caeté consciente de que ir para o mato não é fuga, é tempo dedicado a mim, para restabelecer minha energia para os contatos sociais inevitáveis do dia a dia. Lud ainda me contou de um caso que soube de uma amiga psicóloga: a paciente dela ia para motel passar o dia sozinha, só para ficar doze horas sem contato com pessoas e tomando banho de hidromassagem.

11 de fevereiro de 2021

Hoje foi mais um dia que eu deveria não ter lido notícias. Após mais de duzentas e trinta e seis mil mortes, o genocida continua indo contra a vacina, que é a única forma de combata à Covid-19. A pérola do dia: "O cara que entra na pilha da vacina, só a vacina, é um idiota útil. Nós devemos ter várias opções". A Presidência da República do Brasil é ocupada por um negacionista científico que tripudia de quem defende a única saída para a pandemia. Se apressássemos a vacina, aí sim estaríamos ajudando a economia, como o ener-gúmeno tanto diz querer fazer. Impressionante o vale de idiotice que chegamos no país, bem no pior momento da saúde pública. Enquanto isso a Sociedade Brasileira de Infectologia afirma com todas as letras que não recomenda tratamento pre-coce para a Covid-19 com qualquer medicamento, seja cloroquina, hidroxicloroquina ou ivermectina. Segundo o órgão, "não existe comprovação científica de que esses medicamentos sejam eficazes contra a Covid-19".

Ainda bem que amanhã vou passar o dia inteiro com a Lud só ouvindo música, lendo e namorando. Foda-se o Brasil! Essa merda de país merece esse psicopata expulso pelo Exército. Eu preciso entender que Bozo é a representação dos cinquenta e oito milhões de brasileiros que colocaram ele na presidência.

17 de fevereiro de 2021

Meu carnaval foi o melhor da vida. Alugamos uma casinha para passar o feriado em um condomínio em Rio Acima. Uma hora para chegar, incluindo vinte minutos de estrada de terra. Há portaria, mas as ruas não são asfaltadas. Dentro, sete cachoeiras para todos os gostos. A primeira dá para chegar com quinze minutos de caminhada por mata, acessível para crianças e idosos. A última é uma trilha de uma hora e meia de duração. Foi maravilhoso ficar no meio do verde por tantos dias, sem contato com seres humanos.

Lud e eu trepamos muito. De manhã, de tarde, de noite e de madrugada. Foi bom também para conhecer com calma os dotes culinários dela. Fui surpreendido com um peixe ao *curry* com leite de coco que me deixou mais apaixonado ainda por essa mulher maravilhosa. Quando não estávamos na cama ou nas cachoeiras, conversávamos sobre psicologia, autismo, filosofia e literatura. Não basta ser linda, toda tatuada, boa de cama e gostar de mim. A diaba ainda é inteligente...

Falamos muito sobre TEA. Foi muito gostoso ouvir mais uma vez as razões que fizeram ela se apaixonar por um autista. Ela me disse que eu sou atencioso, delicado, carinhoso, dedicado, ótimo ouvinte e cuidadoso. Diz ela que isso não é fácil de se achar num homem hoje em dia. Lud deu uma gargalhada imensa quando eu disse que jurava que todo brasileiro era assim.

28 de fevereiro de 2021

Hoje voltei de um fim de semana lindo no meio do mato com a Lud. Acho que eu não enjoo desse programa. Pousadinha no meio do mato, silêncio da natureza, só nós dois num quarto confortável, queijo, vinhos, castanhas, café, muito sexo, conversas, risadas, explicações dela sobre TEA ou outro assunto de psicologia, leitura, silêncio, mais sexo, banho de banheira, sexo de novo, comida gostosa, vinho.

Para melhorar tudo, soltamos um "eu te amo" praticamente juntos ontem. Estou cada dia mais apaixonado por essa mulher.

5 de março de 2021

Acordar cada dia no Brasil no meio dessa pandemia me convence que a educação espírita que meus pais me deram foi muito prejudicial para mim.

Anteontem houve o quinto recorde seguido de mortes por Covid-19 no Brasil. Uma pandemia que está sendo deliberadamente não combatida pelo presidente. Mil novecentas e dez mortes em um só dia. É como se vinte e sete aviões da Chapecoense caíssem de uma vez e ninguém liga!

O que o presidente fala para as famílias enlutadas: "Chega de frescura e mimimi. Vão ficar chorando até quando? Temos que enfrentar os problemas".

Já existe vacina para o vírus, combatida sistematicamente pelo chefe maior da nação. Quando foi perguntado ontem respondeu que vai comprar vacina "só se for na casa da tua mãe".

Essa é a escolha de cinquenta e oito milhões de brasileiros. O médico que era meu melhor amigo votou nele. Meu pai e meu mestre de kung fu idem. A loirinha gata, educada e mãe de autista que eu estava pegando também. É como se houvesse uma loucura coletiva que todo mundo acha normal ter na presidência um psicopata negacionista que parece estar interessado na máxima contaminação possível de brasileiros.

Meus pais e todos os centros espíritas do Brasil juram que esse canto de planeta com atraso civilizatório é o "Coração do mundo" e a "Pátria do evangelho". E votam em quem defende a tortura, o machismo e todo tipo de violência. Divaldo Pereira Franco chamando o ministro da Justiça do Bozo de "venerando". O cara usou a toga para prender o Lula, se aliou aos promotores para orientar e depois virou ministro do inimigo do Lula. E é venerando pro Divaldo... Tenho ódio do tempo que perdi ouvindo religiosos que leram Kardec e votam em Bolsonaro. Desconfio que os espíritas brasileiros são em sua maioria reencarnação de membros do partido nazista alemão que desencarnaram nas décadas de 30 e 40. Acharam Hitler pouco e agora elegeram Bolsonaro.

21 de março de 2021

Nesse fim de semana foi mais um oásis com Lud. Tão bom estar com essa mulher maravilhosa! Ficamos rodeados de café, queijo, vinho, castanhas e um fumo excelente que ela conseguiu. Conversamos tanto! Parece que já nos conhecemos de outras vidas, apesar de só três meses juntos. Sintonias de cabeça, interesses, prazeres carnais e sexo oral podem fazer muita coisa por duas pessoas que já estavam desiludidas com as vidas amorosas...

Lud recebeu o contato de uma velha amiga com quem ela ia no campo antes deste tempo esquisito chamado pandemia chegar. Nós rimos que somos torcedores do Palestra Itália, ela o de São Paulo, eu o de Minas. Ela dá gargalhada quando recebe uma foto das duas pelo celular, de um jogo de 2015 em que o Palmeiras goleou o São Paulo por quatro a zero no Campeonato Brasileiro. O ponto da arquibancada que estavam dava para ver a cara do Rogério Ceni indo pegar a bola após os terceiro e quarto gols.

2 de abril de 2021

Meu laudo saiu no dia 26 de setembro de 2020. Hoje eu gravei um vídeo no LinkedIn assumindo para o mercado de trabalho e todas as minhas mais de oitocentas conexões que sou autista.

Meu roteiro feito com a ajuda da Lud:

"Olá!

Meu nome é José Santos.

Sou Cientista da Computação, programador, falo inglês fluentemente, já participei de diversos projetos multinacionais de adaptação de aplicativos, e sou autista! Sim, eu sou autista, com muito orgulho!

Para quem não sabe, autismo não é doença. É uma condição neurológica. Meu cérebro, e os dos demais autistas, é anatomicamente diferente do cérebro dos neurotípicos, que são a grande maioria da população.

Assim como eu, existem diversos autistas atuando ativamente no mercado de trabalho, com carreiras cheias de êxitos, trabalhando em empresas importantes, hospitais, como autônomos, professores, e em todos os campos de atuação profissional! Todos! Sugiro que você assista ao documentário *AutWork – Autistas no Mercado de Trabalho*, disponível no YouTube[1].

Por isso, neste dia 2 de abril, Dia Mundial de Conscientização do Autismo, lembro a todos que também somos pessoas com várias características que podem nos tornar funcionários lucrativos para as empresas. Somos focados. Leais ao empregador. Podemos nos concentrar por longos períodos de tempo. Reconhecemos padrões com facilidade. Prestamos muita atenção a detalhes e muitos de nós gostamos de aperfeiçoar processos.

Por isso, atenção RHs e Gestores! Neste momento em que tanto se fala em inclusão e diversidade:

Não seria importante pensar em formas de incluir profissionais autistas também?

Para encerrar, dois recados.

Em primeiro lugar, convido você, profissional autista, a também se manifestar neste 2 de abril nas redes sociais, através de um vídeo, texto ou outro meio que você preferir.

Por último, por favor curta, comente ou compartilhe esse vídeo, caso tenha gostado.

Muito obrigado pela atenção, e espero que você se lembre do nós, autistas adultos no mercado de trabalho, bem além deste 2 de abril, Dia Mundial de Conscientização do Autismo.

---

[1] Disponível em: www.youtube.com/watch?v=HCOzijtMDvY. Acesso em: 10 dez. 2022.

Forte abraço".

O post deu muita repercussão. Muitos conhecidos do trabalho da Itália, Alemanha, EUA, Japão, Espanha me cumprimentando. Colega do último projeto dizendo que "nunca imaginaria que sou autista pelo meu comprometimento e grau de perfeição nas entregas". Acho que foi um elogio.

Mas, o mais importante é perceber quem não curtiu e fingiu que não viu. Nunca fui de ter muitas amizades, mas imaginava que algumas poucas eram para o resto da vida. Henrique era uma dessas. Era... Ele me evita desde a conversa que tivemos assim que soube do laudo.

4 de abril de 2021

Eu não tenho boas recordações de Natais, Páscoas e feriados religiosos. Esse talvez seja um dos motivos de eu ter tão pouca fé hoje em dia e me considerar quase ateu.

Mas Lud parece que está na minha vida também para mudar esses paradigmas com novas experiências.

Hoje foi o Domingo de Páscoa mais divertido da minha vida. Acordamos muito cedo, transamos gostoso e em seguida escondemos ovos pela casa para Juju caçar. Lud ainda teve o cuidado de simular patinhas de coelhinho com três dedos e um pó branco de maquiagem...

Juju acordou maravilhada com as pegadas do Coelho da Páscoa no meio da sala. Dava gritinhos, rodopiava e balançava os braços toda vez que achava um ovo de chocolate. Por fim achou o ovo maior, que tinha uma imagem de dinossauro, e disparou a falar sobre o Tiranossauro Rex.

Passei um domingo em paz e em algo que acho que posso chamar de família, que no momento é minha filha de três anos e minha namorada de poucos meses.

7 de abril de 2021

Hoje a sessão com Luiz me botou muita minhoca na cabeça. Meu cérebro ser diferente justifica muita coisa, mas não facilita minha vida.

Conversamos sobre expectativas, manejo de frustrações, reciprocidade, amplificação de sentimentos e comunicação. Todas essas variáveis são mais fáceis de lidar pelos neurotípicos. Algumas das coisas de que reclamei provavelmente são problemas só para mim e talvez não tenham nem sido percebidas por Lud. E quem sabe uma TPM justifique o tom agressivo que eu estava percebendo nela no início do mês.

Dias assim me frustram. Luiz já me falou que até a plena aceitação do Laudo passam um ou dois anos. Eu achava que já estava mais adiantado nisso. O velho Santos já se acostumou com o fato de ser autista e até gosta disso... O problema é o mundo aceitar PCD ou TEA... O Brasil, então... Esse país preconceituoso onde 58 milhões de pessoas elegem tiete de torturador...

14 de maio de 2021

O genocida soltou mais uma pérola para sua coleção de declarações sobre a pandemia.

"Engraçado, né? Se falar cloroquina é crime, falar em maconha é legal."

O contexto da frase é a liberação da Cannabis para produção de medicamentos que podem ser usados para diminuir convulsões e aliviar uma série de sintomas psiquiátricos.

Ou seja, o miliciano quer falar de um remédio ineficaz para Covid-19 pela milésima vez. O que não falta é pesquisa nesse momento mostrando que cloroquina é ineficaz. Bozo mandou o laboratório das Forças Armadas produzir e tentou dar a merda do remédio até para as emas.

E sobram estudos falando o quanto remédios à base de Cannabis ajudam pessoas no mundo todo.

Esse é o Brasil do século 21. Combatendo ciência de todos os modos.

Eu fico pensando qual seria o impacto econômico para as milícias do Rio de Janeiro se a maconha fosse liberada...

4 de junho de 2021

Nem acredito que hoje consegui tomar minha primeira dose de AstraZeneca contra a Covid-19. Fiquei tão emocionado que publiquei foto e escrevi textão no Instagram:

"Saudações cordiais, terráqueos.

O ET perdido no país do Bozo (e seus 58 milhões de eleitores) conseguiu se vacinar hoje, apesar dos esforços do Governo Federal para atrasar a vacinação em todo o Brasil.

Para os fiscais da vacina: todo autista é PCD. Nossa deficiência é invisível, ligada aos sentimentos e à comunicação. Chegou a vez de PCDs sem comorbidades em BH.

Tenho um sentimento confuso, típico da pandemia, hoje potencializado.

Estou muito feliz, pessoalmente e por minha família. Fui vacinado e estamos com saúde, amor e comida em casa, no meio da pior pandemia do século.

Estou muito triste coletivamente, pensando nas milhares de mortes que poderiam ter sido evitadas se o Presidente da República e seu (des) governo acreditassem na ciência.

Temos quase meio milhão de vidas perdidas para uma doença que já existe vacina!

A sabotagem do Bozo às vacinas não funcionou comigo. Estou muito feliz por ter chegado vivo a esse dia.

Desejo do fundo do coração que todas as famílias que perderam entes queridos para a Covid-19 sejam reconfortadas.

Traje escolhido para o evento: camisa de Star Wars. Aquela saga em que os Jedi sempre derrotam os ditadores genocidas".

5 de junho de 2021

Hoje fiquei quieto em casa com ressaca da vacina e viajando na ideia de que Raul era autista. Não só pela letra de "Maluco beleza" ser um hino de quem resolve viver no limbo entre o "mundo real" e a insanidade controlada. Não só por todas as esquisitices, a aparência de ET e a genialidade. O estado mental de insatisfação crônica com a vida é muito TEA adulto. E a letra de "Ouro de tolo" destila a essência desse pensamento.

"Eu devia estar contente
Porque eu tenho um emprego
Sou o dito cidadão respeitável
E ganho quatro mil cruzeiros por mês

Eu devia agradecer ao Senhor
Por ter tido sucesso na vida como artista
Eu devia estar feliz
Porque consegui comprar um Corcel 73"

Esse início engloba uma visão de estranheza nossa em perceber que a felicidade neurotípica consiste em ter um emprego, um salário, um carro, uma família e uma casa. Pronto. Acabou a vida. E se você conseguir isso aos trinta anos? Vai passar os outros cinquenta como?

"Ah! Mas que sujeito chato sou eu
Que não acha nada engraçado
Macaco, praia, carro, jornal, tobogã
Eu acho tudo isso um saco"

A incidência de suicídio na população autista é dez vezes maior que nos neurotípicos, segundo pesquisas na Escandinávia (um dos poucos lugares do mundo onde há pesquisa sobre TEAs adultos).

"É você olhar no espelho
Se sentir um grandessíssimo idiota
Saber que é humano, ridículo, limitado
Que só usa 10% de sua cabeça animal"

Eu te entendo tanto, Raul. Entendo tanto sua vontade de beber até morrer simplesmente por não se adaptar nessa merda toda que a grande maioria da população chama de viver no Brasil.

"E você ainda acredita
Que é um doutor, padre ou policial
Que está contribuindo com sua parte
Para o nosso belo quadro social"

Ainda bem que tudo termina com um convite à vida.

"Eu é que não me sento
No trono de um apartamento
Com a boca escancarada, cheia de dentes
Esperando a morte chegar
Porque longe das cercas embandeiradas
Que separam quintais
No cume calmo do meu olho que vê
Assenta a sombra sonora dum disco voador"

Até porque há duas decisões básicas a se tomar todo dia de manhã. Ou eu me mato, ou eu vivo. E se eu quero realmente viver há muita coisa para fazer.

Principalmente não ficar esperando a morte chegar.

13 de junho de 2021

Chegando de um fim de semana mágico com Lud em Carrancas. Viajamos juntos e passamos o fim de semana isolados num chalé, comemorando o Dia dos Namorados. Ela me chamou de louco porque eu consegui entrar numa cachoeira e desci no Escorregador da Zilda. Ficamos beliscando comida mineira com cachaça num restaurante com fogão à lenha e o friozinho estava delicioso para namorar. Conversamos muito durante a estrada. Lud me contou muita coisa da família dela em São Paulo, o fanatismo da família com o Palmeiras, as manhãs cinzentas, as histórias na USP e umas baladas durante o tempo de faculdade que me fizeram invejar um monte de coisa que eu não vivi como universitário. Falei com ela que o autismo era sacana nesse sentido, pois eu só lia e ficava na minha, não indo nem nas calouradas famosas da UFMG. Lud ainda argumentou que não existia essa de vida certa ou errada. Cada um de nós fez o que queria. Eu fiquei pensando se houve escolha, uma vez que eu não me socializava.

Cada dia estou mais apaixonado nessa mulher! Não sei se estou influenciado pela data, mas me vejo pela primeira vez na vida sintonizado com alguém de verdade.

17 de junho de 2021

Estou tão cansado de morar no Brasil. Penso o quanto de tempo eu perdi vivendo nesse país após um monte de oportunidade profissional para ir embora daqui. Como faço isso com uma filha de dois anos agora, separado da mãe dela?

A pérola do genocida de hoje: "Eu estou vacinado entre aspas. Todos que contraíram o vírus estão vacinados, até de forma mais eficaz que a própria vacina, porque você pegou vírus para valer. Quem pegou o vírus está imunizado, não se discute".

Bozo não discute também os quatrocentos e noventa e seis mil mortos pela Covid-19, que poderiam ser bem menos se o governo federal tivesse feito o mínimo. Fica dando um monte de declaração sem respaldo científico com a conivência da PGR e dos presidentes da Câmara, do Senado e do STF.

Até parece que a estratégia do Ministério da Saúde no Brasil durante a pandemia de Covid-19 é disseminar o vírus para alcançar imunidade de rebanho.

Faria sentido, pensando em como Bozo e as elites brasileiras nos veem: gado.

Esse país é um vale de ignorância, e nosso problema de educação é um projeto, como Darcy Ribeiro informou.

Meu cabuloso ganhou da Ponte de um a zero em Campinas. Tudo indica que vamos subir esse ano. Meu namoro com Lud tá maravilhoso. Juju tá falando igual uma papagaia.

Se eu morasse fora do Brasil minha vida seria perfeita!

8 de julho de 2021

Hoje deixei rolar "Lugar Nenhum" cinquenta vezes enquanto escrevia (mais um) programa para entregas. Todo mundo virou autista durante a pandemia: ninguém quer sair de casa e fica evitando o máximo contato com outros seres humanos.

"Não sou de nenhum lugar
Sou de lugar nenhum
Sou de lugar nenhum"

Abri um outro programa muito parecido e fiquei uma hora só copiando e colando uns blocos semelhantes que já escrevi enquanto o Arnaldo gritava:

"Não sou de São Paulo
Não sou japonês
Não sou carioca

Não sou português
Não sou de Brasília
Não sou do Brasil
Nenhuma pátria me pariu"

Mais umas três horas de edição e o aplicativo que eu pedi uma semana como prazo de entrega estava pronto com quatro horas de trabalho. Aproveitei que hoje estava animado para ralar. Não é todo dia que acontece. Tá tudo bem, e eu não sou um preguiçoso por causa disso. É só meu cérebro anatomicamente diferente. É uma das coisas que o laudo me trouxe, um pouco de paz. Luiz me falou que os autistas com AH são geralmente assim.

Tem dia que dá vontade de trabalhar vinte e cinco horas. Em outros eu só quero ouvir música.

Há que se ganhar dinheiro para viver a vida toda.

"Eu não tô nem aí, eu não tô nem aqui
Eu não tô nem aí, eu não tô nem aqui"

11 de julho de 2021

Hoje me lembrei que contratei uma advogada para tentar reaver o dinheiro que tenho gastado com consultas médicas. O plano de saúde não oferece psiquiatras com conhecimento em TEA e eu preciso pagar particular. De tarde tive um atendimento psiquiátrico de duas horas de duração, em que tive que desembolsar mais oitocentos reais, que sinceramente acho justos pelo conhecimento do médico. Mas juntando todos os recibos são uns três mil reais que eu já deveria ter recebido da Unimed.

Mas o que eu posso fazer? Luiz me sugeriu isso muito! Realmente está fazendo diferença ser tratado por um psiquiatra que não só entende o que é autismo, mas também tem a experiência com outros autistas adultos.

Na hora que eu penso em ficar puto com a situação, eu lembro que a advogada já me falou que tudo está correndo dentro dos prazos normais para a solicitação do ressarcimento financeiro.

E recordo também que eu sou exceção nesse país de merda governado pelo Bolsonaro. A maioria das pessoas não têm dinheiro nem para comer, quanto mais para um laudo particular que sai a mais de dois mil reais e consultas particulares.

Pode ser injusto, mas essa é só mais uma força contrária às pessoas com autismo e outras deficiências no Brasil. O que velho Darcy dizia sobre a educação se aplica também à saúde nesse país: "não é um problema, é um projeto".

30 de julho de 2021

Hoje é aquele dia que tive que respirar fundo para que o autista que mora em mim não explodisse. Acho que a terapia com o Luiz está realmente me transformando. Consegui manter a calma em uma situação em que geralmente eu teria apelado e mandado à merda. Uma cliente me acusou de estar atrasado há cinco meses, sendo que temos três meses de contrato. Pior: ela ficou me devendo uma informação vital para o programa por semanas, que impossibilitava eu terminar o aplicativo. Por que as pessoas são assim no capitalismo brasileiro? Elas exercem uma pressão desproporcional sempre! Será que isso é herança da escravidão? "Você olhou para mim e não fez exatamente o que eu pedi, negro! Toma dez chibatadas!". Na reunião inicial desse projeto o dono da empresa jogou uma garrafa de água para mim. Vinte anos de programação e nunca tinha sido tratado assim. A parte das Altas Habilidades do laudo me deixou sem paciência para certo tipo de gente.

O Brasil é o país em que o presidente da República fala antes de ser eleito que mulher tem que ganhar menos por engravidar. Aí muitas mulheres vão lá, votam nele! E pior: reproduzem dentro das empresas esse mesmo discurso machista na prática. Um monte de versão feminina do Bolsonaro atacando outras mulheres e ficando decepcionadas quando uma colega de serviço engravida. A licença-maternidade é motivo de tristeza para as firmas: ninguém enxerga um novo ser humano chegando ao mundo!

Eu penso o nível de doutrinação que várias mulheres passam para ter esse comportamento... Aí eu me lembro como esse assunto é tratado em outros países e me entristeço mais por ser brasileiro.

8 de agosto de 2021

Mais um almoço de domingo em que sou testemunha dos meus pais brigando. A novidade é que hoje é Dia dos Pais e foi na frente da Juju de novo.

Seu Rogério virou um idiota. Ele repete as barbaridades do governo sem nenhum filtro, como se a gente não estivesse vendo todo dia o presidente da República imitar uma pessoa sem ar com Covid-19. Minha mãe está ficando de saco cheio das sandices que ele diz, como apoiar o fechamento do STF e voltar com a ditadura militar no Brasil. Hoje ela deu uma gargalhada falando que os militares já voltaram em 2019 e olha só a merda que deu. Mais de meio milhão de mortos porque um general que não entende nada de pandemia está comandando o Ministério da Saúde. E ele não se sente nem um pouco constrangido em estragar o almoço do Dia dos Pais por causa do Tchutchuca do Centrão.

Fui embora rapidinho para uma comemoração particular com a Juju. Foda-se meu pai, ele quis estragar a paternidade dele! A minha eu escolho o que fazer. Ela está cada dia mais linda, correndo pela casa, inventando brincadeiras. E como tagarela o dia inteiro! Parece que ela quer compensar o atraso na fala de uma vez só!

13 de agosto de 2021

Sexta-feira, 13 de agosto. A data já é prenúncio de coisa ruim...

Junto com o laudo veio muita informação e reflexão sobre o que eu sou no mundo. E sobre dificuldades veladas que autistas passam sem nem perceber.

Eu não sabia há alguns meses o que significava a palavra "capacitismo". Hoje em dia não estou tolerando nenhum tipo de preconceito ou discriminação contra autistas. A maior merda de se ter uma deficiência invisível é que realmente ninguém vê, por mais óbvio que isso pareça. Se eu fosse cego usando uma bengala ou um paraplégico com uma cadeira de rodas, eu creio que poderia contar com mais empatia das pessoas que me cercam. E isso vai do meu círculo de amigos (incluindo os que se afastaram de mim logo que souberam que sou autista) até o canal mais famoso do país.

Hoje um apresentador de TV famoso foi num programa da Globo chamar autista de "anjo azul". Eu odeio essa expressão, com todas as minhas forças. Anjo é ser que não existe, inanimado, que não tem necessidades de um humano, como ser instruído, relacionar-se, ter direitos de cidadão. Azul denota o machismo do início do estudo do TEA que achava que era uma condição só masculina.

E o bonitão da Globo falando com lágrimas nos olhos que é guardião de um anjo...

Interessante que o sujeito é pai atípico e faz questão de tripudiar sobre a comunidade TEA. O cara é pai de PCD e quer que nós, autistas (que somos deficientes), sejamos desumanizados. Qual o interesse dele em deixar a imagem de anjo para o filho e se autoproclamar guardião de anjo? Deve fazer bem para a carreira dele. Para o resto da comunidade autista é só desserviço!

26 de agosto de 2021

A tia da Lud morreu de Covid-19 ontem. Mesmo tendo acesso a UTI, pois a cidade está com baixa ocupação. Mesmo tendo tomado duas doses de vacina. Ela não resistiu por apresentar problemas de imunidade. Virou estatística de uma pandemia que poderia ter matado bem menos brasileiros se a vacinação não tivesse sido deliberadamente retardada e sabotada, se houvesse política de testagem e se as medidas básicas sanitárias como máscaras e isolamento fossem levadas a sério no Brasil. Lud está arrasada e só chorou o tempo todo que estivemos juntos. Nesse tempo que moraram juntas, conviveu muito intensamente com a tia e ficaram muito mais ligadas. Ela praguejou contra Bolsonaro falando "o atraso de vacina da população matou titia". Comparou as taxas de mortes pela doença no Brasil com outros países do G-20. Errada ela não está.

A família está se movimentando para vir ao enterro no Cemitério do Bonfim, onde a tia queria ser enterrada, no jazigo da família.

Nunca vi Lud assim. As pessoas em luto realmente se transformam.

27 de agosto de 2021

O fato da tia da Lud ter morrido de Covid-19 envolve vários cuidados que são cruéis com quem fica. Não houve roupa para a defunta. O padrão é colocar o corpo num saco plástico e lacrar o caixão. O velório continua sendo rápido, para minimizar as chances de propagação do vírus. Saímos do cemitério e fomos com alguns parentes para o apartamento mais vazio agora. Caramelo não latiu nesse dia. De alguma forma ele sentiu a tristeza geral das pessoas e ficou quietinho no canto, deitado.

30 de agosto de 2021

Ontem não foi a comemoração de aniversário que eu planejava, mas não poderia ser de outra forma. Lud ainda me perguntou se devíamos fazer algo só para nós dois. Respondi que não havia sentido nesse momento e que nossa festinha pode ser adiada para outra ocasião. Ela chorou um pouco mais e me agradeceu.

Peguei Juju para almoçar e fui com meus pais num restaurante aberto em Macacos. Foi bom comer costelinha com mandioca junto com uma dose de cachaça. O café amargo junto com goiabada e doce de leite completaram o banquete.

Cheguei do almoço e fui deitar um pouco com Lud, que não quis ir. De noite pedimos peixe e tomamos uma garrafa de vinho tinto juntos aqui em casa. Dormimos abraçados, sem sexo. Há hora para tudo.

Fechei o olho lembrando que me emociono demais em todos os meus aniversários. Dormi com a indagação se não seria uma predisposição do meu cérebro autista para se influenciar pelas lembranças da vida.

2 de setembro de 2021

O psicopata do presidente segue no seu intuito fútil de desmoralizar uma vacina produzida pelo Instituto Butantã pelo simples fato de ter sido fruto de parceria com uma empresa chinesa. A anta deve desconhecer a importância da China na balança comercial brasileira para ficar repetindo ataques gratuitos assim.

Bolsonaro falou que está melhor que "o pessoal que tomou CoronaVac". E que será a última pessoa a tomar a vacina no Brasil, após colocar seu cartão de vacina em (mais um) sigilo de cem anos.

É muito sigilo para quem ocupa cargo público...

Enquanto o presidente faz truque para desviar a atenção da plateia: mais de quinhentos e oitenta mil mortos por Covid-19 no Brasil e operação abafa para as rachadinhas, com participação da PF e do Poder Judiciário.

23 de setembro de 2021

Bolsonaro é a prova viva de que nada é tão ruim que não possa piorar. O que é pior do que um presidente do Brasil que tem um assessor que imita Goebbels? É esse mesmo genocida dar uma entrevista para dois repórteres alemães da extrema direita no início de setembro. O miliciano teve a audácia de afirmar que "Covid apenas encurtou a vida das pessoas que morreram por alguns dias ou algumas semanas"! E ninguém faz nada!!! Tem mais de quinhentos e oitenta mil pessoas vítimas de uma pandemia que poderia ter sido muito minimizada se não tivéssemos na presidência um aprendiz de nazista que acha que morreu pouca gente. Como ele já disse mais de uma vez, a especialidade que ele aprendeu na Academia Militar das Agulhas Negras é matar!

Sou tão idiota que acreditava que quando algum psicopata assumisse a presidência da república de bananas que é o Brasil, por algum acidente histórico, haveria uma reação dos outros poderes constituídos para impedir que atrocidades fossem cometidas. E se por um pesadelo infernal os presidentes da Câmara e do Senado fossem aliados desse genocida, assim como o Procurador Geral da República? E se o presidente do STF fosse um banana?

Eu sabia que tínhamos um atraso civilizatório, mas a pandemia sob a regência do Bozo mostra que tudo é muito pior... A vida humana não vale nada no Brasil e as pessoas que percebo à minha volta estão aplaudindo tudo isso. Conselho Federal de Medicina inclusive.

Fico me perguntando em que país do mundo as Forças Armadas foram usadas para fabricar um remédio ineficaz contra a Covid-19 só porque o presidente gosta de cloroquina.

17 de outubro de 2021

Lud está fria comigo e eu não estou entendendo nada. Não quis viajar pro mato nesse fim de semana. Disse que tinha uns casos do consultório para estudar.

Fico sem saber se é minha dificuldade em ler as pessoas ou se ela realmente está diferente. Parece que algo se quebrou entre nós após a morte da tia. Uma coisa é o luto, outra coisa é frieza e vontade de estar o tempo todo sozinha. Parece que eu comecei a incomodar...

Parte IV

SEPARAÇÃO

4 de novembro de 2021

Mais do que nunca estou lembrando da recomendação terapêutica que recebi no consultório da Suzana.

Escrever.

Fazer um diário.

Tirar os sentimentos que estão pesando o peito e passá-los para o papel. Isso faz organizar a cabeça, ajuda a respirar, alivia o coração.

Lud terminou comigo ontem sem aviso e de forma definitiva.

Ela já estava muito estranha no Dia de Finados. Chorou o dia inteiro. Olhou para mim e disse que nunca ia esquecer do apoio que eu dei na morte da tia. Falou que a saudade estava sufocante e que ela estava com muitas dificuldades de fazer planos futuros em BH depois que não tinha ninguém mais para cuidar aqui. Que entendia nosso apego, mas a vida dela sempre esteve em São Paulo. Eu respondi que não me importava de ir passar dias com ela lá, visitando museus, conhecendo restaurantes, indo a concertos e peças de teatro.

Ontem ela me contou coisas que estava escondendo. O ex-marido a havia procurado para dar os pêsames pela morte da tia. Daí surgiram várias conversas e cafés virtuais nos últimos dias. Eles resolveram retomar o casamento.

Houve um silêncio imenso. Eu não sabia o que dizer, então comecei a chorar muito. Tive uma crise que durou uns dez minutos e assustou as pessoas no café discreto que Lud me chamou para conversar. Eu me acalmei. Ela continuou falando que me achava um homem maravilhoso e que os últimos meses foram muito significativos para ela. Mas não era certo ela me enganar ou dar esperanças. A história com o ex-marido começou na adolescência, eles foram casados mais de dez anos e a pandemia fez com que os dois percebessem que se amam mesmo.

Eu perguntei se havia algo que eu podia fazer. Ela disse que não, pois se tratava de um relacionamento dela com outra pessoa.

Para encerrar a conversa disse que a volta dela já está marcada para sábado.

Nos abraçamos para despedir.

Chorei como criança desde ontem, revendo fotos, escutando nossas músicas, lembrando do quanto Lud é importante para mim.

Não bebi.

18 de novembro de 2021

Eu tinha prometido para mim mesmo no consultório do Luiz que eu não ia descontar minhas frustrações na bebida e procuraria uma estratégia mais saudável quando eu tivesse uma crise.

Foda-se!

Hoje não consigo!

Estou chegando de quatro horas no hospital com o velho major Rogério internado por Covid-19. O teste hoje à tarde confirmou, e ele está isolado. Minha mãe quase teve um infarto quando viu que ele só tinha tomado a primeira dose de vacina e mentiu para ela falando que estava vacinado. Ela disse que não aguenta mais esse inferno e que não iria no hospital. Eu tive que ir.

O idiota do meu pai parece ter se tocado. Acho que ele não contava em ser internado com essa merda desse vírus nessa altura do campeonato. Quis tanto que agora está recompensado.

E eu não estou acreditando que o imbecil do meu pai falou que tinha ido tomar vacina e não foi! Tem que ficar controlando carteira de vacinação dele igual eu faço com a Juju? Ele me obrigava a tomar vacina quando menino! Ele me levava para o posto toda santa campanha! E por que ele agora se recusa a tomar uma merda de uma vacina no meio da pior pandemia dos últimos cem anos?

Eu vou beber hoje e assistir Clube da Luta. Vou pensar que estou dando porrada na cara do meu pai para ver se o idiota aprende a não acreditar em tudo que é *fake news* que chega no zap!

E justo agora a Lud termina comigo! Eu com meu pai internado de Covid-19 e ela de lua de mel com o ex mais atual que nunca.

Eu vou beber muito hoje!

20 de novembro de 2021

Hoje meu corpo está exausto, mas preciso escrever. Meu pai foi intubado e transferido para o CTI. Tá tudo tão rápido que não consigo processar as informações. Minha mãe ficou transtornada com a novidade. Repete o tempo todo que meu pai foi um idiota por ter fingido para nós que tinha tomado as vacinas. Ela me jurou que não segue com ele, independentemente do fim da internação. O estado civil dela será viúva ou separada.

Eu escutei tudo calado, como sempre. Fui bem treinado desde a infância para abstrair ao mínimo sinal de briga dos dois. Mas desta vez tenho que dar 100% de razão pra dona Lúcia: meu pai teve uma atitude totalmente irresponsável e negacionista desde o início da pandemia, tal qual o mito dele. Por meses ficamos preocupados que esse dia poderia chegar: ele internado e nós sem poder fazer nada, só esperando notícia.

E eu não posso beber, pois posso ser convocado para ir para a UTI a qualquer momento.

25 de novembro de 2021

Eu tive muito medo de perder meu pai esses dias. Engraçado esse sentimento de amor e ódio... Estou com muita raiva dele por essa merda de internação totalmente evitável. Mas ao mesmo tempo fiquei com um medo imenso dele morrer. O coração ficou apertado. Pensei na vida sem discutir com ele ou na Juju chorando no enterro do avô.

Para nossa sorte parece que o pior já passou. O velho major Rogério foi extubado hoje. Parece que dona Morte vai ter que esperar um pouco mais...

Hoje não vou beber. Vou só fumar uma pontinha que guardei para uma ocasião especial.

Agora é só ver como será a recepção da minha mãe ao meu pai na volta dessa internação...

26 de novembro de 2021

Hoje consegui trabalhar de novo. Todo esse estresse de hospital me deixou fora de órbita. Em outras épocas eu ficaria com culpa por isso. Hoje entendo que isso é uma característica de todos os autistas adultos, aceito esse fato e tento manejar prazos com clientes da melhor forma possível.

Fiquei em casa e passei a manhã inteira revendo um *loop* de um aplicativo que eu estava apanhando. Hoje mais calmo achei onde estava o erro e reescrevi muita coisa até consertar o programa. Mutantes na cabeça e sangue nos olhos.

"A vida é um moinho
É um sonho o caminho
É do Sancho, o Quixote
Chupando chiclete

O Sancho tem chance
E a chance é o chicote
É o vento e a morte
Mascando o Quixote

Chicote no Sancho
Moinho sem vinho
Não corra me puxe
Meu vinho meu crush

Que triste caminho
Sem Sancho ou Quixote
Sua chance em chicote
Sua vida na morte"

Engraçado alguém falar "meu *crush*" na década de sessenta.

Agora estou aproveitando uma garrafa de Shiraz, vendo as notícias do dia, escrevendo e relendo esse amado diário e programando algumas terapias que eu sei que seu Rogério vai precisar quando sair do hospital.

"Vem devagar
Dia há de chegar
E a vida há de parar
Para o Sancho descer
E os jornais todos a anunciar
Dulcineia que vai se casar"

28 de novembro de 2021

Hoje foi um dia de alívio. Meu pai saiu do CTI e foi para o apartamento. Arrebentado pelo tempo de intubação, pálido, visivelmente mais fraco. Perguntou por minha mãe e eu disse que ela não iria ao hospital, o que fez com que eu visse pela primeira vez na vida uma crise de choro compulsiva no meu pai, com duração de uns vinte minutos ininterruptos. Duas enfermeiras entraram no quarto e explicaram que essa reação era normal em quem acaba de passar por uma experiência traumática no hospital. Sedaram meu pai e eu vim para casa descansar.

Hoje é um dos dias em que percebo o quanto me faz bem escrever. Não sei o que fazer com meu pai. Mas de certa forma estou tranquilo em perceber que não é responsabilidade minha também. Mesmo sendo meu genitor: as escolhas foram dele. Eu não tenho domínio nenhum sobre o outro. O máximo que posso fazer agora é intermediar conversas até que minha mãe resolva falar com meu pai de novo.

30 de novembro de 2021

O ditado já fala que quem procura acha. Minha mãe hoje simplesmente me comunicou que não aceita mais meu pai morando com ela e quer se separar. Mais: me pediu para ele ir morar momentaneamente comigo, como eu fiz quando me separei. Ela acha natural a esposa ficar e o marido procurar um lugar para morar. Principalmente ele, que gosta tanto de ficar em rua na época da pandemia.

É em uma hora dessas que eu vejo que não vale a pena ficar ansioso na vida. Não faz sentido ficar preocupado pensando no que vai acontecer. O que realmente importa chega sem aviso, numa manhã de terça-feira em que a preocupação maior era com a alta do meu pai.

Fiquei paralisado e não falei nada. Quando ela me pediu uma resposta, eu disse que o casamento era deles e respeitava a decisão dela.

Amanhã meu pai sai do hospital e vem para cá. Vai ser engraçado o velho major do exército se mudando para o quarto rosa da Juju. Vamos ver se agora ele aprendeu o que é Covid-19.

2 de dezembro de 2021

Hoje tive a melhor conversa com meu pai em toda a minha vida. Na minha opinião, não na dele.

Estamos os dois surpresos com a decisão da minha mãe. Com a diferença de que ele está puto e eu aplaudindo. Ela está certíssima em não querer a companhia de um cara que finge tomar vacina de Covid-19 e mente a respeito. Para não falar no risco da Juju toda vez que ela ia no colo dele.

Na hora que meu pai chamou minha mãe de louca, eu explodi. Falei que ele tinha perdido a razão, o bom senso e a ética quando resolveu apoiar esse genocida, e que agora a merda pessoal estava feita. Ele ganhou uma separação e uma temporada na UTI por acreditar nas mentiras do mito. Naquele momento ele tinha duas opções, ou ele me prometia que não ia votar no Bozo no ano que vem, ou ele teria que procurar outro lugar para morar.

"Você só vai para minha casa se prometer que não vai votar nesse genocida ano que vem! Você tem vinte e quatro horas para decidir. Amanhã você me conta da sua escolha."

Bati a porta do quarto, tremendo e rindo. Um enfermeiro me abraçou no corredor, me sugeriu respirar fundo e disse que eu estava certíssimo!

Cheguei em casa e tive que olhar uma infinidade de providências. Tubo de oxigênio, fonoaudióloga, fisioterapeuta, unidade de monitoramento de sono. Todos esses gastos e estresse poderiam ter sido evitados com as doses de vacina grátis que ele deixou de tomar. Por isso estou fazendo questão de passar todas as despesas para ele. Montei um grupo de WhatsApp com ele só para nossa contabilidade de gastos com a recuperação da Covid-19. Vai sentir na carne e no bolso algo que o mundo inteiro sabe: é muito mais caro curar um paciente infectado de Covid-19 do que o custo da vacina e campanhas educativas pela máscara.

Vai ganhar um quarto rosa na minha casa e uma separação pra deixar de ser otário.

3 de dezembro de 2021

Parece que a bronca que dei no meu pai ontem valeu a pena. Cheguei no hospital e ele estava me esperando sentado na cama. Disse que queria conversar e começou me pedindo desculpas por ter sido tão idiota nos últimos meses. Falou que toda essa situação de pandemia mexeu com ele e que reconhecia que tinha feito escolhas péssimas.

Arrematou informando que concorda com minhas condições e que não vai votar no Bozo ano que vem.

Não sou muito de abraços, mas não resisti. Estava muito emocionado em fazer o que nem Luke Skywalker tinha conseguido: trouxe meu pai de volta do lado escuro da Força.

Chegamos em casa e ele ficou agradecido ao ver o quarto da Juju todo adaptado para recebê-lo, para a reabilitação da Covid-19. Comemos um peixe ensopado e ele foi para o quarto descansar. Impressionante o tanto que está debilitado e ofegante com a respiração.

Acho que agora ele não está achando tão engraçadas as imitações do Bozo de quem estava com falta de ar por Covid.

8 de dezembro de 2021

Hoje tive uma das melhores sessões de terapia da minha vida. Comecei falando sobre como estava tudo tão pesado com a volta de Lud para São Paulo e a nova realidade de meu pai morando comigo. Após meia hora em que eu reclamei ininterruptamente da vida, Luiz me perguntou se fazia sentido eu esperar da vida a lógica que eu acho nos programas que escrevo. Eu fiquei paralisado. Ele complementou falando que o que mais fascinava ele na psicologia é a falta de linearidade e as surpresas da profissão. Disse ainda que o ser humano é absolutamente imprevisível e não acreditar nisso é o meu maior erro na vida. Perguntou se eu conhecia completamente as histórias de vida da Lud e da minha mãe para julgar as atitudes que elas tiveram.

Saí da sessão desnorteado e pensando que o caos na minha cabeça é relacionado também a uma ansiedade boba e à vontade de controlar o que eu não conheço.

E isso é impossível na experiência humana.

Preciso lembrar disso mais ainda, agora que tenho consciência de que sou diferente.

10 de dezembro de 2021

Jurei para a doutora Marta que não faria nenhuma reunião mais com ela na vida, pois eu não vou me casar nunca mais.

Ela se lembrou disso hoje no início da nossa reunião para começar a organizar a separação dos meus pais e disse que ela era meu carma, com uma risada debochada. A boa relação que cultivamos desde o acordo me fez perguntar como estava a família dela. Para minha surpresa, fui informado que Marta está em processo de divórcio litigioso com o ex-marido também advogado, com muita disputa por patrimônio e guarda de filhos. Arrematou dizendo que desejava que meus pais não passassem por isso, e que deveriam se esforçar para seguir os exemplos de Eduarda e meu do ano passado. Ceder para ganhar velocidade, sem que ninguém saia prejudicado. Nós quatro concordamos que a separação em si já é sofrimento suficiente.

Tudo transcorreu muito bem para uma primeira reunião. Meus pais voltaram com o dever de casa de pensar o que fazer com o apartamento de três quartos que é o único patrimônio dos dois. Vender e dividir em partes iguais? Meu pai vender metade para minha mãe? Os dois seguirem morando juntos no apartamento, em quartos separados? Marta ponderou que a manutenção do patrimônio pode vir a beneficiar a Juju a longo prazo.

No mais, fiquei impressionado o quanto meu pai envelheceu e minha mãe rejuvenesceu após a separação!

13 de dezembro de 2021

Alheia a tudo isso, Juju está se divertindo com o vovô, que, segundo ela, está com a voz do Darth Vader. Ela demorou a começar a falar, mas agora está uma tagarela. E fala cada coisa pra idade dela, a danadinha! Minha mãe gostou da foto do meu pai dormindo embaixo do poster da Frozen. Disse que está muito mais bem olhado do que se estivesse com ela.

Não foi fácil tanta merda no mês de novembro. Administrar em tão poucos dias o término da Lud, internação do meu pai, separação dele com minha mãe e morarmos juntos agora.

Mas, de certa forma, o que eu posso mudar?

Além disso, está sendo divertido para nós três. Começo a sentir meu pai mais leve, com o coração amolecido pela Juju.

E as conversas que temos sobre dinossauros são ótimas durante as refeições. Nós três somos experts no assunto.

24 de dezembro de 2021

Eu preciso aprender a isolar os fatos políticos da minha vida diária e do meu humor, até mesmo para não dar ao Bolsonaro o que ele quer. Eu faço o jogo dele toda vez que me deprimo com suas palavras. Tenho refletido muito sobre o peso de ter sensibilidade e inteligência no Brasil da cloroquina. Eu não controlo nenhuma palavra ou ação do Bolsonaro, nem os votos de um terço da população que parece ser a base dele. Na verdade o bolsonarismo é só a velha face do fascismo travestida com um nome de uma família de milicianos do Rio e que encontrou sintonia em algumas dezenas de milhões de brasileiros. Os mesmos que concordaram com "a filha fraquejada", a "vacina na casa da tua mãe", o secretário de cultura nazista plagiando Goebbels, as imitações de pessoas morrendo com falta de ar gargalhando ou todas as atrocidades que Bozo fez e disse. Os mesmos que são racistas, machistas, homofóbicos, violentos. Não foi à toa que o Brasil foi o último país das Américas a abolir a escravidão oficialmente, para mantê-la de outras formas século 21 afora.

Se Bozo quer me ver triste, será que eu não estou fazendo o jogo dele ao ficar deprimido? Hoje é véspera de Natal. O Hitler tupiniquim disse que "não está havendo morte de criança de 5 a 11 anos que justifique algo emergencial" para explicar a falta de pressa em comprar vacina para essa faixa etária. Seiscentas e dezoito mil pessoas morreram de Covid. Mais de mil crianças entre esses óbitos. O genocida não se sensibiliza nem com morte de menores de 10 anos!

Eu fico tentando lembrar onde que o "Coração do mundo, Pátria do Evangelho" se transformou em "Caixão do mundo, Pátria do Cemitério". O que me faltava era percepção da realidade. Tanta raiva das balelas que meus pais me contaram sobre esse país durante a minha infância, junto com a lavagem cerebral nas evangelizações infantis espíritas. Os mesmos espíritas que falam de Kardec e votaram em quem enaltece a tortura e a morte.

Ainda me sinto atordoado pelo término repentino com a Lud. Tudo está muito recente, e mais que nunca quero tirar de dentro de mim todos os resquícios do amor romântico. É engraçado não tê-la por perto no meu primeiro Natal com a Juju. Meus pais estão felizes com a neta, e eu só quero beber vinho e dormir o mais rápido possível. Odeio fim de ano. Ainda bem que esse 2020 parte 2 está acabando.

E eu preciso aprender que não controlo nada! Nem o que o Bolsonaro fala, nem a vontade da Lud de voltar para São Paulo e tentar uma vez mais com o ex-marido dela. Se eu não consigo explicar nem meus sentimentos, imagina o de uma outra pessoa com quem estive por alguns meses e não conheço a história prévia direito. Mesmo não entendendo ela querer ficar com um cara que tem histórico de fazer alienação parental, Lud me contou isso como um dos motivos deles terem separado em 2019. Agora está ela lá em São Paulo, indo nos jogos do Palmeiras com ele.

Vou tomar banho e relaxar sob a água quente. Depois quero focar na Juju. A carinha dela montando a árvore com a vovó e o vovô foi uma das melhores lembranças deste dezembro esquisito. O ritual de abrir presente, comer juntos e dar risadas vai fazer bem para todos nós.

7 de janeiro de 2022

O mundo é redondo e dá voltas mesmo!

Ou como dizem por aí: a Terra plana capota!

Vivi o suficiente para ver o velho major Rogério xingando Bozo pelo atraso na compra de vacinas para crianças! Parece que uma temporada no CTI com Covid-19 e colocar em risco a vida de meninas e meninos no Brasil inteiro foi muito para a fidelidade de meu pai ao nosso golpista de plantão. Enfim, neste ano termina esse desgoverno.

O mais irônico: se Bozo tivesse conduzido a pandemia de forma científica e trazido a vacina mais cedo para o Brasil, ele seria herói e reeleito.

Fico imaginando se o Paulo Guedes tivesse dito naquela reunião ministerial que iria financiar a passagem das pequenas empresas pela crise da pandemia, ao invés de deixá-las quebrar. Todos os países civilizados do mundo fizeram isso, incluindo Alemanha, França e demais países do G20. Os EUA de Trump deram mil dólares para cada americano durante a pandemia, enquanto aqui o auxílio só foi de seiscentos reais pelo Congresso, pois pelo Bolsonaro seria de duzentos. No Brasil o Ministro da Fazenda anunciou que iria botar dinheiro só nas empresas grandes e ia deixar para lá as pequenas, que geram 70% dos empregos. O plano do Posto Ipiranga está dando certo.

Enfim... Fim do ano, Bozo sai e em 2023 ele será preso. Vou tomar um porre pra comemorar quando esse dia chegar.

Acho que esse clima de réveillon mexeu com minha esperança. Atingir 2022 significa que o pior período da história brasileira chegará ao fim. O genocida destruiu tudo que podia no governo federal: a cultura, a educação, as proteções de LGB-TQIA+, o Instituto Palmares, o Ibama, a Funai, o Inpe, o Ministério da Saúde, as Forças Armadas, a PGR,...

Em outubro ele será destruído nas eleições.

22 de janeiro de 2022

Eu não deveria, mas ainda sigo me impressionando com o nível da crueldade do Bozo.

Hoje ele foi justificar o atraso na compra de vacinas para crianças, e disse simplesmente o seguinte: "Eu desconheço criança baixar no hospital. Algumas morreram? Sim, morreram. Lamento, profundamente, tá. Mas é um número insignificante e tem que se levar em conta se ela tinha outras comorbidades também".

O Instituto Butantã falou que desde o início da pandemia já foram 1.449 crianças com idade entre zero e 11 anos mortas por Covid-19, fora outras milhares que ficaram com sequelas!

Que tipo de ser humano fala que 1.449 crianças mortas é um número insignificante para justificar sua má vontade para comprar vacina que pode salvar a vida dessas crianças?

Mais de seiscentas e vinte mil pessoas já morreram de Covid-19 no Brasil desde o início da pandemia!

Seiscentas e vinte mil mortes!

Isso tudo só porque 58 milhões de brasileiros elegeram um presidente que não acredita em vacinas e fez de tudo para boicotar a ciência na guerra do Brasil contra a Covid-19.

25 de janeiro de 2022

Acho que de alguma forma o tratamento com Luiz e todo trabalho que tenho feito com minha cabeça desde o laudo está funcionando. Hoje tive que voltar num cliente que não gosto muito. Ele ficou de novo falando um monte de bobagem, mas consegui compreender um pouco e tentei fingir que escutava com atenção. Conversamos com calma tudo que ele queria no novo aplicativo e saí da reunião com a cabeça leve, mesmo sabendo que pegaria a Contorno lotada de novo às seis da tarde. Entrei no carro e fiquei escutando Pink Floyd calmamente até chegar em casa, sem maiores sofrimentos.

"You say the hill's too steep to climb
Chiding
You say you'd like to see me try climbing
You pick the place and I'll choose the time,
and I'll climb the hill in my own way
Just wait a while for the right day
And as I rise above the treeline and the
clouds, I look down hearing the sound of the
things you said today"

26 de janeiro de 2022

Hoje Luiz me propôs passarmos a frequência da nossa terapia para mensal, ao invés de semanal. Eu levei um susto! Perguntei rindo por que ele estava querendo se livrar de mim. Luiz respondeu gargalhando que eu estava tão bem que já estava controlando minhas máscaras e me divertindo com elas! Emendou falando que tinha muitos outros autistas para cuidar que estavam numa situação bem pior do que a minha e que demandavam mais espaço na agenda dele. E que ele é um ser humano e também precisa de um tempo livre para não pirar.

Quando paramos de rir, ouvi palavras inesquecíveis. Acho que é o que todo mundo procura ouvir na terapia.

Luiz me disse que minha evolução estava claríssima, comparando o Santos de hoje com o que chegou no consultório dele com o laudo de TEA, AH e depressão nas mãos em outubro de 2020. Estava surpreso pela evolução que eu tive em um ano e três meses: a forma como levei o rompimento da Lud e a separação dos meus pais deixava isso claro. Eu estava absorvendo crises com facilidade e rindo delas, como o dia em que gargalhei do major Rogério dormindo no quarto rosa da Juju com um botijão de oxigênio verde ao lado da cama para ajudar na recuperação das sequelas que a Covid-19 deixou no pulmão dele. Em outras épocas eu me vitimizaria e ficaria deprimido por ver meu pai num estágio que ele mesmo escolheu.

Eu respondi que agradecia muito não só as palavras, mas todo o conhecimento técnico que adquiri no consultório dele. Foi vital para me situar na vida e poder traçar estratégias para seguir manejando melhor a depressão. Saber que uma caneca de hormônio é derramada no meu cérebro quando eu fico muito nervoso, ou que muitos autistas vão ao motel sozinhos para passar o dia e aproveitar hidromassagem sem falar com ninguém, me ajudou muito a viver melhor no Brasil dentro da minha condição de TEA.

Poucas pessoas neste país vão me tratar melhor porque eu tenho uma deficiência invisível.

Ou eu me dou a devida proteção, lembrando que o mundo é em sua grande maioria neurotípico e capacitista, ou serei morto. Aprendi a não esperar ajuda nem dos dois "irmãos" que sobraram do tempo da escola. Eles me evitam, como o meu único amigo que conheci na faculdade.

Preferi a primeira opção com todas as particularidades do meu cérebro anatomicamente diferente da grande maioria da população.

Terminamos a sessão com meus agradecimentos com direito a movimentos frenéticos dos meus braços e palmas. Falei com Luiz que agora que estamos caminhando para alta eu queria conhecê-lo pessoalmente. A próxima sessão não será virtual, e sim no consultório dele.

Serei eternamente grato a Luiz pelas portas do autismo que ele me ajudou a abrir. Meu mundo interno ficou muito melhor e mais habitável após começar a fazer terapia com alguém que é especialista e tem experiência com autistas adultos.

30 de janeiro de 2022

Acabei de chegar de um sítio onde passei o fim de semana com uma amiga colorida que conheci num site de relacionamento para adultos ansiosos. Valeu a pena ficar trocando ideia com ela uma semana por chat e marcar um café para conversar pessoalmente: fomos direto para o motel e desde então nos encontramos com frequência. Estamos nos dando muito bem na cama e na mesa. Fátima é recém-separada de um "arquiteto babaca metido a besta", qualificações que ela gosta de alternar e combinar. "O cara se diz de esquerda e trata como escravos os peões de obra que prestam serviço para ele", me disse quando listava os motivos por que pediu a separação.

Eles têm dois filhos, também em guarda compartilhada. A mais velha tem doze anos e o caçula nove. O menino tem jeito de autista, comportamento de autista, estereotipias de autista e restrições alimentares de autista, mas é tratado por um neuropediatra que só passa remédio e acha que ele não precisa de terapias auxiliares.

O único momento tenso do fim de semana foi quando eu sugeri pra Fátima que o filho dela poderia ter TEA. Ela mandou eu ir tomar conta da minha vida, pois tinha que tratar esse assunto com o escroto do pai dos filhos dela. Emendou dizendo que nesse fim de semana ela só queria trepar, caminhar em trilhas no meio do mato, comer comida em fogão de lenha, tomar banho de cachoeira, beber vinho e trepar de novo. Matou o assunto perguntando se a gente poderia deixar qualquer conversa referente a filhos para segunda. Os dela estavam com o pai e a minha com a mãe.

Eu concordei, a gente deu uma risada juntos e começamos a nos beijar.

Enquanto eu passava a mão na bunda dela pensava como a hipocrisia da Tradicional Família Mineira silenciava mais uma criança autista.

Ainda bem que os pais desse menino têm muito dinheiro e vão poder pagar um bom psicólogo comportamental na adolescência para recuperar o tratamento negado na infância. O cérebro autista infantil dele está perdendo um tempo precioso com terapias, mas tenho que colocar na minha cabeça que isso é problema da Fátima e do arquiteto riquinho. Se fosse há cinquenta anos, gente assim mandaria o menino de trem para o Hospital Colônia em Barbacena.

Minha música favorita estava tocando na caixinha *bluetooth*. Consegui parar de pensar no garoto autista com os versos de Rita Lee e Tom Zé cantados pelos Mutantes:

> "Nos braços de 2.000 anos
> Eu nasci sem ter idade
> Sou casado, sou solteiro
> Sou baiano e estrangeiro
> Meu sangue é de gasolina
> Correndo não tenho mágoa
> Meu peito é de sal de fruta
> Fervendo num copo d'água
>
> Barbaridade uai
>
> Astronauta libertado
> Minha vida me ultrapassa
> Em qualquer rota que eu faça
> Dei um grito no escuro
> Sou parceiro do futuro
> Na reluzente galáxia"

CONSIDERAÇÃO FINAL

Este livro é uma obra de ficção.

Tudo que você leu é invenção da imaginação do autor, com as seguintes exceções:

I – Preconceitos de brasileiros contra autistas de todas as idades.

II – Guarda Compartilhada é o melhor regime para criação de filhos após uma separação, pensando-se no bem-estar da criança.

III – Frases, ações e omissões do presidente da República durante a pandemia de Covid-19 no Brasil.

IV – Cruzeiro ficou na série B em 2020, 2021 e 2022.

V – Amizade à primeira vista com o cão Caramelo.

ARTE DENTRO DA ARTE: LIVROS E MÚSICAS CITADOS NESTA OBRA DE FICÇÃO

1 – Referências bibliográficas deste livro (e recomendadas pelo autor):

CAMARGOS JR. Walter *et al. Síndrome de Asperger e outros transtornos do espectro do autismo de alto funcionamento*: da avaliação ao tratamento. Belo Horizonte: Artesã, 2021.

GRANDIN, Temple; PANEK, Richard. *O cérebro autista.* Rio de Janeiro: Record, 2021.

2 – Músicas citadas neste livro (e cantadas durante sua criação):

"2001" – Os Mutantes

"Balada do louco" – Os Mutantes

"Dom Quixote" – Os Mutantes

"Fearless" – Pink Floyd

"Lugar nenhum" – Titãs

"Maluco beleza" – Raul Seixas

"Máscara" – Pitty

"Mestre Jonas" – Sá, Rodrix & Guarabyra

"Não vou me adaptar" – Titãs

"Once in a lifetime" – Talking Heads

"Ouro de tolo" – Raul Seixas

"Pérola Negra" – Luiz Melodia

"This must be the place" – Talking Heads